HARLEQUIN
Deseo

CORAZÓN SOLITARIO
Annette Broadrick

publicado por Harlequin

NOVELAS CON CORAZÓN

Editado por HARLEQUIN IBÉRICA, S.A.
Hermosilla, 21
28001 Madrid

I.S.B.N.: 84-396-4746-8
Depósito legal: B-43618-1995
Editor responsable: M. T. Villar
Diseño cubierta: María J. Velasco Juez
Composición: M.T., S.A.
Avda. Filipinas, 48. 28003 Madrid
Fotomecánica: PREIMPRESIÓN 2000
c/. Matilde Hernández, 34. 28019 Madrid
Impresión y encuadernación: LITOGRAFÍA ROSÉS, S.A.
c/. Progreso, 54-60. 08850 Gavá (Barcelona)
Fecha de impresión: Noviembre-95

Distribuidor exclusivo para España: M.I.D.E.S.A.
Distribuidor para México: INTERMEX, S.A.
Distribuidores para Argentina: interior, BERTRAN, S.A. / Buenos
Aires y Gran Buenos Aires, VACCARO SÁNCHEZ y Cía, S.A.

Capítulo Uno

Betty Abbott dejó de limpiar el mostrador del Bar Dry Gulch. Se inclinó hacia delante y entrecerró los ojos, intentando ver por la ventana sucia de mugre del local. Algo se estaba moviendo afuera. Tras concentrarse unos momentos, pudo distinguir un pequeño remolino de polvo en los pies de las Montañas de Guadalupe.

Dejó el trapo y salió de detrás del mostrador para verlo mejor.

—¿Ves algo?

Betty miró hacia el ventanuco de la cocina donde estaba Mel, su marido de cuarenta y dos años, antes de volver a fijarse en la ventana.

—No estoy segura, pero me pareció ver algo moviéndose ahí fuera.

—Estás soñando. No hay nada moviéndose en esta zona al oeste de Texas excepto serpientes de cascabel.

Betty no podía discutírselo. Eran afortunados por tener media docena de clientes al día durante los meses de invierno, casi todos camioneros que iban de paso. Algún motorista ocasional paraba para echar gasolina y a lo mejor también decidía comer algo.

Se había acostumbrado a la soledad, y no le molestaba. Ella y Mel habían nacido en esas montañas y lo más seguro era que también murieran allí, lo que a ambos les parecía bien.

La nube de polvo en movimiento se hizo mayor hasta que distinguió un vehículo a gran velocidad por una de las carreteras de arena.

Eso aumentó su curiosidad. La única carretera en esa dirección llevaba directamente a las montañas. Nadie iba por allí, excepto...

Soltó una risita.

—¿Y ahora qué pasa? —preguntó Mel.

Ella se apartó de la ventana y con pasos rápidos que contrarrestaban con su edad y peso, volvió tras el mostrador.

—Parece que Jake ha decidido hacernos una visita —dijo poniéndose a hacer café.

—No puede ser Jake. Estuvo aquí hace unas semanas.

—No me importa si estuvo aquí ayer. No hay nadie por aquí que conduzca como el diablo excepto Jake. Espera y verás como es él.

Mel abrió la puerta de la cocina y salió.

—¿Realmente crees que es él? —preguntó mirando por la ventana oscura debido a las interminables tormentas de arena de esa zona de Texas.

Betty no levantó la vista de su tarea.

—¿Quieres apostar algo?

—¡Oh, no! Si hubiera pagado todas las apuestas que me has ganado con los años, serías una mujer rica.

Ella se detuvo el tiempo suficiente para sonreír con picardía.

—Guárdate el dinero. Ya soy rica con todo lo que realmente importa en la vida.

Mel le pasó un brazo por la amplia cintura.

—Ya somos dos.

Betty terminó de preparar el café antes de echarse en sus brazos y devolverle el abrazo.

—¿Quedan algunos pasteles de canela? Ya sabes cómo le gustan a Jake.

—Si es Jake, tendré que reconocer el mérito de su olfato sensible. Esta mañana he hecho una bandeja entera que sacaré del horno en seguida.

Mel volvió a la cocina, y Betty montó guardia de nuevo junto a la puerta de cristal del establecimiento.

La nube de polvo aumentó de tamaño hasta que ella pudo distinguir el vehículo. Un todoterreno de color indeterminado llenaba el horizonte.

Sí, era Jake. ¿Qué estaría haciendo allí? Cualquiera lo sabía. Jake Taggart se regía por sus propias leyes.

Betty recordó la noche que nació. ¿Cómo podría olvidarlo? Su madre, Mary Whitefeather Taggart, siempre viviría en el recuerdo de Betty como una mujer dulce y amable, que nunca se había merecido los golpes duros que le había dado la vida. El insignificante Johnny Taggart la había abandonado seis meses después de haberla convencido para que se casara con él, fingiendo quererla.

Ella lo había creído. Había sido una tonta. Él la había dejado desamparada en el oeste de Texas, embarazada y sola.

Betty y Mel habían insistido en que se quedara

con ellos, mientras que Mary había insistido en trabajar para pagarse el alojamiento y la comida. Había sido imposible no adorar a la mujer callada con los tristes ojos negros que no había querido causar ningún problema a nadie.

No les había dicho que estaba de parto hasta que fue demasiado tarde para conseguir asistencia médica. Betty había tenido que ayudar. Ella y Mel habían perdido a su único bebé dos años antes. Esa vez, Betty había jurado que ayudaría a que esa nueva vida llegara al mundo si Dios le mostraba qué hacer.

Nunca olvidaría las largas horas, ni el apoyo constante de Mel, su tranquila seguridad de que su esposa podría hacer cualquier cosa que quisiera, incluso traer un bebé al mundo en un lugar perdido.

Betty supo que Dios la ayudó. De otro modo, ¿dónde habría encontrado la fuerza para haber hecho lo necesario y conseguir que el furioso Jake saliera al mundo?

No lo querría más si fuera su propio hijo.

Miró el todoterreno acercarse con rapidez.

—Sí —murmuró Mel—. Tenías razón.

Betty miró a la cafetera para asegurarse de que el café estaría listo para cuando llegara, y luego siguió observando el progreso del vehículo.

Jake conducía igual que lo hacía todo; con una habilidad y elegancia despreocupada que llamaban la atención. Llegó y paró.

Betty estaba esperando, y lo vio abrir la puerta y sacar sus largas piernas. Se bajó el sombrero vaquero sobre la frente hasta que rozaron la montura de sus gafas de aviador. Llevaba una cazadora que le quedaba perfectamente con los anchos hombros y la cintura estrechísima. Los vaqueros mostraban piernas largas y musculosas y nalgas duras. Botas de escalador cubrían unos pies que daban grandes zancadas mientras iba hacia el bar.

Betty pensó, y no por primera vez, en el número de mujeres que habían querido atrapar al hombre que caminaba hacia ella. A pesar de su edad, podía entenderlas muy bien. Jake parecía lleno de energía aunque sus movimientos fueran lentos. Había una vivacidad en él que llamaba la atención. Era un magnífico ejemplar de hombre.

Betty lo admiraba tanto como lo quería. Jake había aceptado las cartas que la vida le había dado y las había jugado con una furia y determinación que nunca se había quebrado a pesar de los peligros. Y había en él algo misterioso. Jake Taggart era un hombre muy reservado. Ella había aprendido años antes a no preguntarle sobre sus decisiones y elecciones, incluso aunque no las entendiera. Jake nunca había dejado a nadie acercarse demasiado.

Betty esperó hasta que vio su peculiar sonrisa brillar en el rostro bronceado.

—¿Qué ha pasado? ¿Olvidaste algo la última vez que estuviste aquí?

Jake entró, se quitó las gafas y sus ojos negros brillaron maliciosos.

—No podía esperar otro día sin verte. Eres irresistible y lo sabes.

—Te he oído —gritó Mel desde la cocina—. Más vale que tengas cuidado con mi esposa, amigo. Si no lo haces, tendremos que salir y ajustar cuentas.

Jake sonrió de nuevo.

—¿Tú sólo?

Una vez terminado el rito familiar de los saludos, los tres irrumpieron en risas mientras Jake le daba a Betty un abrazo que le levantó los pies del suelo y la hizo gritar. Cuando la soltó, ella fue a servirle una taza de café recién hecho.

Jake se quitó el sombrero y se sentó en uno de los taburetes junto a la barra. Betty llenó una taza de cerámica con líquido humeante y la puso frente a él. Mel salió de la cocina y puso un pastel de canela junto a la taza.

Jake echó un vistazo al pequeño bar que había sido parte de su infancia como si lo viera por primera vez, fijándose en las sillas y mesas arañadas, el diseño de las baldosas del suelo que se habían borrado del uso, y el mostrador desgastado.

Un par de óleos colgaban de la pared, evidencia muda de que Betty nunca le daba la espalda a nadie que estuviera hambriento, aunque no tuviera dinero. Las dos escenas de El Capitán, el majestuoso pico de la cordillera Guadalupe, y la zona desértica circundante, habían sido la forma de pago de un tipo que habían acampado en el lugar muchos años antes.

—Bueno, ¿qué haces aquí? —preguntó Betty de nuevo.

Jake fingió consternación.

—¿Quieres decir que ya he agotado mis visitas del invierno? —preguntó dando un mordisco al pastel y poniendo cara de éxtasis.

—Sabes que no. Pero viniste en busca de provisiones hace poco. No esperábamos verte de nuevo tan pronto.

Jake bebió café, dándose tiempo para pensar en la respuesta.

—Supongo que la verdad es que estos días me aburre un poco estar solo.

Mel gritó desde la cocina.

—¡Betty, no olvides darle la tarjeta que ese tipo dejó hace un par de semanas!

—¡Oh, sí! Menos mal que me lo has recordado. Lo había olvidado —se acercó a la vieja caja registradora y sacó una tarjeta—. Aquí está. Ese tipo apareció haciendo muchas preguntas sobre ti... dónde vives y si tienes teléfono, fax o algo. Le dije que nadie sabe exactamente dónde vives en esas montañas, ni siquiera los guardabosques del parque.

Sonrió al decir eso, para recordarle a Jake que ella sabía que él estaba haciendo un uso no autorizado de tierra que había sido reclamada por el gobierno como parque nacional, varios años después de que hubiera instalado allí su hogar.

Jake continuó comiendo el pastel sin cambiar de expresión.

—Nos pidió que te diéramos esta tarjeta la próxima vez que te viéramos.

Jake la miró e inmediatamente reconoció el logotipo que había en una esquina. La dirección también era familiar. Empresas CPI en Seattle, Washington. El nombre no significaba nada para él, nunca había oído hablar de Woosrow Forrester. Debía haber sido contratado después de que Jake abandonara la compañía. Dejó la tarjeta en el mostrador y se bebió el café sin decir nada.

Betty esperó unos minutos antes de hablar.

—Insistió en que era muy importante que te

9

pusieras en contacto con él lo antes posible. Parecía una emergencia.

Jake dio otro mordisco al pastel.

—¿No es esa la empresa donde trabajabas? —siguió Betty.

Jake terminó de masticar y dio un sorbo de café antes de responder.

—Eso fue hace mucho tiempo.

Ella lo miró, perpleja.

—No tanto. Llevas de vuelta más o menos un año, ¿no?

—Trece meses.

—Eso no es tanto tiempo, ¿Durante cuánto tiempo trabajaste allí?

—Casi cinco años... pero eso ya es historia.

Betty levantó una ceja y dio unos golpecitos a la tarjeta con un dedo rechoncho.

—Bueno, amigo. Pues parece que la historia está intentando encontrarte.

Jake se metió la tarjeta en el bolsillo.

—Sólo si yo lo permito.

Dio otro mordisco al sabroso pastel. Nunca había tomado nada tan delicioso como los pasteles de canela de Mel en ningún lugar. Merecían la pena el largo viaje desde las montañas.

Levantó la cabeza y se dio cuenta de que Betty seguía de pie al otro lado del mostrador, observándolo.

—¿Qué crees que quiere ese tipo?

—¿Quién sabe?

Jake hubiera deseado que Betty dejara el tema, pero la conocía demasiado bien y sabía que no lo haría.

—¿Vas a llamarlo?

—No —dijo sin necesidad de pensarlo.

Ella se cruzó de brazos y apoyó la cadera contra el mostrador.

—¿Sólo por cabezonería?

Jake se enderezó, intentando no perder la paciencia. Betty no sabía nada de sus razones para haber dejado el trabajo. Sólo las conocía Brock Adams, el director de la compañía. Betty seguía mirándolo expectante.

—Mira, Betty. Sería una pérdida de tiempo llamar a este tipo. No tengo nada que decirle ni a él ni a nadie en esa empresa. Ya no soy parte de ese mundo —miró por la ventana e hizo un gesto hacia las montañas—. Ésa es ahora mi vida. He vuelto a mis raíces.

—Jake, supongo que la mayoría de las personas te creerían, pero yo recuerdo lo mucho que trabajaste para poder estudiar. Yo estuve ahí, ¿recuerdas? Aceptaste todos los trabajos de media jornada, negándote a dejarnos a Mel y a mí ayudarte, no importaba lo mucho que tuvieras que luchar. Incluso conseguiste algunas becas deportivas esforzándote al límite para poder conseguir el tipo de educación que necesitabas para entrar en el mundo de los negocios. Me temo que no vas a convencerme de que todo ese esfuerzo por el que pasaste no significaba nada para ti. No me importa lo que digas.

Jake supuso que Betty tenía algo de razón. A lo mejor necesitaba ver las cosas desde otra perspectiva. Empresas CPI no eran la única compañía del mundo, incluso aunque él hubiera pasado años preparándose para suceder a Brock Adams, pensando que la empresa sería su vida.

Cuando se marchó, todo lo que había querido había sido abandonar ese mundo. Había vuelto a Guadalupe en busca de algún tipo de paz interna.

Había ignorado a los guardabosques y a sus leyes gubernamentales que decían que él no podía seguir teniendo un hogar en la zona del parque nacional. Y los había evitado mientras convertía la choza que había construido allí de niño en un lugar habitable.

Al final había logrado una existencia pacífica. Ellos lo dejaban solo y él los ignoraba.

Los meses de duro trabajo físico le habían sentado bien. Se había adaptado a su vida. Había aceptado los tipos de comportamiento con los que podía vivir y había establecido fronteras para los que no podía. Las montañas le habían ayudado a cicatrizar. A lo mejor había llegado el momento de que examinara sus opciones y considerara lo que quería hacer a continuación.

Una opción que nunca había considerado había sido regresar a Seattle y a la vida que una vez había intentando crear allí.

Mel salió de la cocina y se sirvió una taza de café. Estudió a Jake unos instantes.

—¿Qué tal un dominó?

Jake asintió.

—Me parece bien.

Alcanzó su taza, entró tras el mostrador para volver a llenarla y siguió a Mel a una de las mesas. Dejó la taza y se quitó la cazadora, colgándola en una percha antes de sentarse.

Mel y Betty eran lo más cercano que tenía a una familia. Los quería con un sentimiento muy profundo de lealtad y aprecio. Pero no podía hablarles de su vida. Sabía que ellos lo querían y lo aceptaban, pero que tenían problemas entendiéndolo.

Él tampoco era bueno intentando hablar de sus sentimientos. Nunca lo había sido. Había aprendido muy pronto que si quería sobrevivir, tenía que depender de sí mismo. De nadie más. Nunca había hablado de él mismo ni de sus metas en la vida, de sus sueños...

Después de que su madre hubiera muerto, había sido un animal salvaje, gritando a todo el mundo, rechazando cualquier autoridad. No había confiado en muchas personas a lo largo de su vida. En Mel y Betty sí, por supuesto. Ellos casi lo habían criado.

Y en Brock Adams. Por la razón que fuera, había llegado a confiar y a admirar a Brock Adams durante los años que habían trabajado juntos. Pero se había confundido al creer en Brock y pensar que sabía qué tipo de hombre era. Y había pagado por su error. Había dejado un trabajo muy bien pagado y una carrera prometedora sin mirar atrás ni arrepentirse.

—¿Vas a jugar o a quedarte embobado mirando las fichas?

Jake pestañeó, viendo por primera vez las fichas delante de él.

—Perdona, tenía la cabeza en otra parte —dijo estudiando la disposición delante de él y colocando una ficha.

Se rascó la barbilla. No se había afeitado desde hacía dos días; otras señal de su abstracción. Últimamente había estado dando largos paseos, ya que había terminado todos los planes de construcción para su casa. Algunas veces terminaba acampando para pasar la noche si estaba muy lejos de su cabaña cuando la oscuridad lo rodeaba.

—¿Estás algo nervioso ahí arriba, eh?

—Un poco —admitió Jake.

—Nunca entendí por qué querías vivir allí solo.

Jake sonrió.

—No estoy solo, Mel. Hay mucha compañía. La mayoría de las veces prefiero a la madre naturaleza y la vida salvaje a las personas. Al menos los depredadores son más fáciles de reconocer.

—¿Nunca echas de menos el trabajo que tenías en Seattle?

Jake frunció el ceño.

—A veces.

—No recuerdo exactamente qué se hacía en aquella fábrica.

—Piezas para construir aviones, helicópteros, lo que necesitara la industria aeronáutica.

—¿Crees que el tipo que vino quería ofrecerte un trabajo?

—Daría igual si así fuera.

Ninguno de los dos habló durante un rato. Terminaron una partida y empezaron otra sin decir palabra. De vez en cuando, Betty se acercaba y rellenaba sus tazas.

—¿Tenéis hambre? —preguntó Betty al fin.

Mel gruñó. Jake la miró.

—Yo me comería un sandwich.

El sonido de neumáticos fuera anunció que el pequeño restaurante pronto tendría más clientes. Jake se reclinó en la silla y vio a una pareja con dos niños pequeños salir de una furgoneta último modelo.

14

Mel corrió a la cocina mientras Betty preparaba los menús, con una sonrisa en su rostro para los niños.

Rebecca Adams había estado siguiendo la autopista recta que salía de El Paso durante lo que le parecieron horas, buscando el Bar Dry Gulch. Las tierras desérticas del oeste de Texas la habían hipnotizado con su monotonía y casi se pasó el pequeño establecimiento sin verlo.

Miró el edificio gris deteriorado mientras que frenaba rápidamente para girar. Sólo había dos vehículos delante, una furgoneta y un todoterreno. Aparcó junto a ellos y paró el motor.

Había abandonado Seattle esa mañana temprano y no había parado desde entonces. Woody le había dicho que las únicas personas que había encontrado que parecían saber algo sobre Jake Taggart estaban en ese lugar.

Respiró profundamente y soltó el aire despacio. Estaba ahí, dispuesta a empezar su búsqueda. Había tomado la decisión de que nada la detendría. Encontraría a Jake y hablaría con él sin importar lo que tuviera que hacer.

Se peinó rápidamente su pelo largo hasta los hombros, se empolvó la nariz y comprobó que aún tenía pintalabios. Sus enormes ojos grises la miraron aprensivos desde su espejito. No podía recordar haber estado nunca tan nerviosa. Pero tampoco había habido tanto en juego.

Se le ocurrían muchas personas a las que hubiera preferido buscar en lugar de a Jake Taggart. Nunca había entendido el entusiasmo de su padre por ese hombre. Podía haber sido un genio en el trabajo, pero había sido una persona imposible de llegar a conocer.

Ella siempre se había enorgullecido de poder descifrar a las personas. Había estudiado el comportamiento humano, pero Jake siempre había escapado a su análisis.

En cuanto salió del coche, se enderezó para alisarse la camisa oscura y ajustarse la americana a juego que terminaba sobre su falda hasta media rodilla. Tomó su maletín y se puso muy recta, buscando interiormente la calma profesional que necesitaba en su rutina diaria.

La gravilla hacía difícil caminar, y le alivió llegar a la superficie más lisa del porche, donde había sillas y mecedoras de madera y un par de mesas. Miró a su alrededor, perpleja por la evidencia que tenía ante sus propios ojos. ¿Había crecido Jake Taggart realmente en ese lugar? De ningún modo encajaba con la imagen del hombre que ella recordaba.

La puerta chirrió cuando ella la abrió y entró.

Su aspecto pareció dejar helados a los pocos ocupantes del local. Cada ojo pareció clavado en ella. Un hombre y una mujer vestidos informalmente ocupaban una mesa con dos niños pequeños.

Los cuatro la miraron como si acabara de salir de una nave espacial.

La mujer de detrás del mostrador se quedó de pie con una cafetera en la mano y los ojos como platos mirando a la recién llegada.

Sólo el vaquero del final del local pareció no mostrar interés. Estaba sentado con la silla apoyada contra la pared, balanceándose en dos patas. Su espeso pelo negro era demasiado largo, rozándole el cuello y cayéndole por la frente. La había mirado en cuanto ella entró, pero había apartado la vista como si no estuviera impresionado, mientras jugueteaba con naturalidad con un par de gafas.

Rebecca agarró con más fuerza su maletín y se acercó a la mujer de detrás del mostrador.

—Buenas tardes —dijo la mujer antes de que Rebecca pudiera hablar—. ¿Ha venido para almorzar?

Centrada en su misión, Rebecca se detuvo, sintiéndose un poco desequilibrada. Por primera vez en muchas horas, se dio cuenta de que no había comido desde que había salido de su casa.

—Oh... sí, sería agradable.

Se irritó un poco consigo misma por no haber pensado antes en comer. La mujer debió considerarla ridícula por sorprenderse de que le ofrecieran comer en un restaurante. ¿Y qué había esperado? ¡Desde luego no había entrado en una biblioteca!

Rebecca vio una mesa vacía al fondo y empezó a caminar antes de darse cuenta de que se sentaría junto al vaquero. ¡Al menos esperaba que él no pensara que trataba de llamar su atención!

Agarrando aún más fuerte el maletín, enderezó los hombros y continuó hacia el fondo del lugar sin mirar a nadie.

—Hola, Rebecca —dijo una voz ronca desde algún lugar cercano.

Dio media vuelta, casi perdiendo el equilibrio. ¿Cómo podría saber nadie allí que ella... ? Sólo una persona podría reconocerla. Miró por la habitación antes de encontrarse con los ojos del vaquero, que continuaba mirándola sin moverse de su posición.

Por primera vez desde que había entrado, miró realmente al hombre que tenía la silla apoyada contra la pared.

—Jake... —susurró casi para sí misma mientras lo miraba.

Pareció quedarse sin respiración. Nunca había esperado encontrar a Jake nada más llegar.

Él se tomó su tiempo mirándola, de arriba a abajo.

—¿Qué te ha traído aquí? ¿Te has confundido en algún desvío?

En el año que hacía desde la última vez que lo había visto, Rebecca había olvidado cómo su voz baja siempre le provocaba un escalofrío en la espalda de un modo inesperado y nada profesional. El cosquilleo apareció en ese momento, y apenas habían hablado. Se puso muy tiesa en un esfuerzo por resistirse a la reacción nada deseada que le provocaba ese hombre.

La camarera habló directamente detrás de ella.

—Puede sentarse donde quiera, señorita.

Rebecca giró para mirarla justo cuando oyó las otras dos patas de la silla de Jake golpear el suelo.

—Se sentará aquí atrás, Betty —dijo poniéndose de pie despacio—. Tráele el menú especial de Mel. Mostremos a la dama de ciudad lo que es una auténtica comida casera.

Con suavidad, tomó a Rebecca del brazo y la guió a la última mesa. No apartó los ojos de ella mientras se sentaban, uno enfrente del otro.

¿Ese vaquero sin afeitar de pelo largo era Jake Taggart? Apenas podía creer lo que veía. ¿Qué le había pasado al hombre con traje y corbatas a la última moda y el corte de pelo a la moda?

Nada en ese encuentro iba como ella había planeado. Y se le había olvidado todo lo que cuidadosamente había pensado decirle.

—Betty, me gustaría presentarte a Rebecca Adams. Trabaja en la Empresa CPI en Seattle —miró de reojo a Rebecca—. Además de ser la directora del departamento de personal, es la hija del dueño.

La miró, sin duda esperando una reacción a ese comentario. Pero Rebecca no dijo nada, ya que él no era la primera persona que implicase que ella tenía un buen puesto por su padre.

Realmente no le importaba lo que pensara de ella Jake Taggart. Ella sabía que era buena en su trabajo. No le debía a nadie ninguna explicación ni disculpa por el puesto que tenía.

Como ella no habló, Jake continuó.

—Betty y Mel son los dueños del restaurante. Sirven la mejor comida al oeste del Mississippi.

Rebecca vio que la mujer enrojeció como una colegiala. Aunque Jake parecía tener ese efecto en la mayoría de las mujeres, incluso en ella misma, a pesar de su decisión de mantener una distancia profesional entre ellos. ¿Cómo podía haber olvidado el carisma de ese hombre? ¿No había acusado ella una vez a su padre de estar excesivamente influenciado por el magnetismo de ese hombre?

—Encantada de conocerla, señorita Adams. ¿Qué le gustaría beber?

—Creo que tomaré...

—Aquí no tienen ninguno de tus tés herbales, Rebecca, y el café está lleno de cafeína —la interrumpió Jake, provocándola deliberadamente.

Ignorándolo, ella sonrió a Betty.

—Un café, gracias.

Betty se marchó deprisa, presumiblemente a por una taza, ya que aún estaba sujetando la cafetera. Jake, mientras tanto, se sentó de lado, con la espalda contra la pared, un codo en la mesa y sus piernas largas extendidas.

Rebecca juntó las manos sobre la mesa y las observó mientras se esforzaba por organizar sus pensamientos.

—No has dicho qué te trae por aquí, Becca.

Ella lo miró. Por suerte, su voz sonó firme cuando respondió.

—Eso debería ser obvio, Jake. He venido a buscarte.

Capítulo Dos

Jake la estudió durante unos instantes. Ella no sabía qué estaba pensando, cosa que nunca había podido saber. Ese hombre continuaba siendo un enigma.

Sabía que estaba en desventaja y que tendría que recurrir a lo que fuera para convencerlo de que hiciera lo que ella necesitaba.

Respiró profundamente, preparada para hablar, cuando él se adelantó.

—Me siento halagado, Becca —dijo sin un mínimo de sinceridad en su tono—. Admito que me ha sorprendido verte aquí.

Si era así, realmente lo había disimulado bien cuando ella entró. Rebecca miró hacia las ventanas polvorientas.

—Debo admitir que el oeste de Texas es realmente diferente de Seattle —volvió a mirarlo—. ¿Te ha dicho alguien que estábamos intentando localizarte?

Jake abrió la boca como si fuera a responder, entonces se detuvo, y miró por detrás de Rebecca. Betty llegó con una taza de café que dejó frente a Rebecca antes de dirigirse a Jake.

—¿Quieres más café?

—No, gracias. El agua está bien.

Betty sonrió a Rebecca con ojos llenos de curiosidad.

—¿Así que ha venido a ver a Jake? —preguntó sin intentar ocultar su interés.

Rebecca se sorprendió. No estaba acostumbrada a conversar de modo personal con una camarera.

—Yo...

Se detuvo, sin saber cómo responder. Estaba fuera de su elemento y no estaba segura de qué hacer allí.

—Tranquila —dijo Betty con comprensión y simpatía—. Está acostumbrado a que las mujeres lo persigan —miró a Jake—. ¿Bueno, te quedarás esta noche o vas a irte a casa?

Jake estiró perezosamente las piernas.

—Aún no lo he decidido, Betty.

—Bueno, aquí siempre está lista tu habitación —dijo con naturalidad, antes de marcharse.

—¿Eres familia de Betty? —preguntó Rebecca, aunque sabía que no era asunto tuyo.

—En cierto modo.

Ella asintió.

—Me lo pregunté cuando vi sus nombres en tu archivo. Fue nuestra única pista de tu paradero.

—Bien, ya que me has encontrado. ¿Qué quieres?

Ella dio un sorbo de café, mientras mentalmente repasaba lo que Betty le acababa de decir, y se sorprendió dando voz a la pregunta menos importante que tenía en la cabeza.

—¿Es verdad?

—¿El qué?

—¿Estás acostumbrado a que las mujeres te persigan?

—Es el modo de tomarme el pelo de Betty.

Rebecca bajó la mirada hacia la taza. Estaba dando rodeos y lo sabía, pero parecía no poder hablar de otra cosa en ese momento. La había desconcertado encontrar tan rápidamente al hombre que se había preparado a buscar. Necesitaba unos momentos para reagrupar y ordenar sus argumentos.

—¿Qué quieres, Rebecca? —repitió Jake impaciente—. ¿Te envió Brock?

—No.

—No lo creo... Según recuerdo, no solías dedicar tiempo a estar conmigo cuando trabajábamos juntos, así que no es difícil adivinar qué ha provocado esta visita —añadió burlón.

Rebecca puso la taza en la mesa. Él no estaba haciendo ese encuentro fácil. ¿Pero qué podía esperar?

—¿Crees que nunca me di cuenta del cuidado que tenías para evitarme? —continuó Jake—. Sabía que yo no era tu ideal de ejecutivo. Bueno, no te preocupes. Después de unos años, yo llegué a la misma conclusión. Supongo que no tengo el instinto asesino necesario.

—Al contrario, Jake. Pensaba que eras un ejecutivo excelente. Y como mi padre quería que tú lo sucedieras, su opinión también era clara. Y en cuanto a mí, admito que nunca intenté conocerte, es cierto —se forzó a mirarlo—. No estoy especial-

23

mente orgullosa de ello, pero la verdad es que durante un tiempo tuve celos de ti.

Jake la miró extrañado, pero no dijo nada. Ella se encogió de hombros.

—Por suerte, he superado esa reacción adolescente al hecho de que mi padre te tratara como al hijo que nunca tuvo.

—¿Y eso te molestaba?

—No debía, por supuesto. No había ninguna razón lógica para que yo te viera como una amenaza. Nunca tuve ningún interés en aprender a dirigir la compañía. Prefiero mucho más trabajar con los empleados y dejar el resto del negocio a los expertos. Mis preferencias profesionales nunca han sido un secreto.

—Pero ahora no estás hablando de preferencias profesionales, ¿verdad?

Ése no era el tema que ella había querido discutir con él. De algún modo, había perdido el control de la charla antes de tener la oportunidad de explicarle sus razones de estar allí. Rebecca suspiró y negó con la cabeza.

—Durante los últimos años he analizado mi comportamiento. He reconocido lo infantil que fui al distanciarme de ti. De todos modos tendrás que admitir que no eres un hombre fácil de conocer, incluso en las mejores circunstancias.

—Tenía un trabajo que hacer. No disponía de tiempo para ganar concursos de popularidad... ni contigo ni con nadie.

Ella no pudo resistir echar un rápido vistazo al modo en que iba vestido. Seguía sin intentar impresionar a nadie. Y aunque no le importaba su aspecto ni cómo la tratara, haría su misión mucho más fácil si encontraran un terreno común.

Necesitaba la ayuda de Jake, aunque le molestaba tener que pedirla. Últimamente había habido en su vida demasiados trastornos, demasiadas cosas sobre las que no tenía control. Odiaba tener que pedir nada a nadie. Había crecido independiente y segura de sí misma, características que su padre admiraba y que ella había fomentado al pasar de niña a adulta.

Sus estudios del comportamiento humano y sus títulos de psicología le habían ayudado. Pero lo que no le habían enseñado era a cómo tratar con un hombre atractivo, cuya mirada oscura conseguía acelerarle el pulso a pesar de que ella entendía perfectamente la atracción química y la teoría de la atracción entre polos opuestos. No quería sentirse atraída por ese hombre. Quería que su interés por él fuera estrictamente profesional.

—Nunca entendí por qué abandonaste CPI —dijo, esperando animarlo a que explicara más de sí mismo, y al saber sus motivos poder encontrar el modo más positivo de sugerir que regresara—. Eras bueno en tu trabajo. Tenías un brillante futuro en la compañía.

Él levantó su vaso de agua y bebió.

—Mis razones para marcharme no importan ahora —murmuró.

—A lo mejor no —dijo Rebecca con cuidado—. Supongo que la pregunta más pertinente ahora es, ¿qué puedo ofrecerte para que vuelvas a CPI?

—¿Es eso todo? ¿Por eso estás aquí? ¿Crees que

Brock me permitirá volver y seguir en mi antiguo puesto? Deberías haber hablado con él antes de venir corriendo a mí con una oferta. Brock Adams sabe lo que yo pienso de la política y procedimientos en esa compañía. Sabe exactamente por qué me marché y por qué no volveré.

—Mi padre ha muerto, Jake.

Sus palabras quedaron suspendidas en el aire entre ellos, cargando el pequeño lugar de emoción.

Jake se enderezó despacio de su postura desgarbada.

—¿Muerto? ¿Brock? —preguntó con voz ronca—. ¿Cuándo? ¿Qué pasó?

Ella se mordió el labio en un esfuerzo por mantener la compostura. Hablar de la muerte de su padre seguía resultándole difícil.

—Hace seis meses. Murió mientras dormía. El médico dijo que fue su corazón.

Jake la miró inexpresivo.

—¿Hubo algún aviso anterior?

—Si lo hubo él nunca lo mencionó. Después de que tú te marcharas, empezó a trabajar muchas horas, y rara vez llegaba a casa antes de medianoche. Intenté hablar con él, hacer que descansara, pero me ignoró... Si tú no hubieras dejado la compañía, él podría seguir vivo.

Sus palabras fueron tan efectivas como un tortazo en la cara... o un puñetazo en el estómago. Sólo en ese momento, al saber que estaba muerto, se dio cuenta de cómo había visto a Brock Adams; un dios inmortal que no podía preocuparse con los problemas de los mortales. Preocupaciones como la ética, la conciencia y la responsabilidad, no habían sido tan importantes como otras consideraciones; crecimiento, ganancias y accionistas felices.

Jake había estado muy enfadado cuando se marchó. Enfadado, disgustado y frustrado. No se había molestado en seguir escuchando las explicaciones de Brock. Había tenido demasiado.

Y Brock estaba muerto y era obvio por los esfuerzos de Rebecca para localizarlo, que la situación no había mejorado desde que él se marchó.

Quería que él volviera a CPI. La idea era irrisoria, aunque a Jake no le apeteciera reírse mucho en ese momento. Después de las noticias, no estaba seguro de qué sentía.

La aparición de Betty con dos platos de comida caliente fue un respiro agradecido por el ambiente tan cargado de emociones.

El delicioso aroma hizo que el estómago de Rebecca gruñera.

Jake miró al plato delante de él, recordando lo que había pedido.

—¿Es esto un sandwich?

Betty se puso las manos en las caderas.

—Mel decidió que tendrías más hambre de lo que pensabas —miró de reojo a Rebecca—. Ya sabes, tienes que mantener tus fuerzas.

Jake simplemente tomó su tenedor, sabiendo que era inútil contrariar a los Abbotts. Miró al otro lado de la mesa. Rebecca debía tener hambre, ya que no hablaba, lo que le iba bien a él.

Necesitaba algo de tiempo para asimilar la información que le había dado.

Esperó hasta que ella terminó de comer.

—¿Quién está dirigiendo ahora CPI?

Rebecca se limpió la boca con la servilleta.

—Como única heredera de mi padre, yo heredé el control de la compañía. Soy la presidenta, pero de momento no hay director.

Jake recordó a algunos jefes que eran auténticas pirañas.

—Apuesto a que ahora todo está bastante revuelto.

Betty llegó, recogió los platos, rellenó la taza de café de Rebecca y el vaso de agua de Jake y se marchó.

—Siempre pensé que era muy competente entendiendo a la gente, hasta que me cayó todo esto encima. Me estoy volviendo loca. No tengo la preparación, la habilidad, ni la personalidad para dirigir el lugar, no del modo que tú lo haces. Obviamente, puedes ver por qué estoy aquí, por qué quería hablar contigo, para explicarte lo que está pasando.

—La ambición y la avaricia no son difíciles de identificar, Becca. Puedes encontrarlas en cada negocio.

—Hay más aparte de eso, Jake. Desde que mi padre murió, hemos sufrido lo que yo creo que son actos de sabotaje; envíos retrasados, facturas perdidas, equipos rotos. Alguien se está esforzando para que demos mala imagen. Y está teniendo el efecto deseado.

—¿Qué crees que podría hacer yo?

—Mi padre tenía mucha confianza en ti. Nunca me dijo por qué te fuiste. De hecho, se negó en rotundo a hablarme de ti, pero recuerdo lo contento que estuvo contigo. Eres la única persona que conoce el negocio lo suficiente como para conseguir que supere la crisis. La compañía te necesita.

Jake no respondió de inmediato. Rebecca se forzó a callarse, esperando haber dicho lo justo, ni mucho ni poco. Estaba convencida de que Jake Taggart era la única persona que podía ayudarla a salvar la compañía.

Cuando al fin habló, ella se sintió sacudida por su respuesta.

—No quiero tomar parte en esa vida. Estoy feliz donde estoy.

Rebecca no podía permitirse aceptar su decisión. Miró alrededor. Todo había quedado en silencio con la marcha de los otros clientes. Podía oír a la pareja de dueños hablando en la cocina. Miró por las ventanas polvorientas hacia el paisaje solitario.

—¿Es aquí donde creciste? —preguntó, en un esfuerzo por conseguir tiempo para pensar.

—Así es.

—Está muy aislado, ¿verdad?

—Sí.

—¿Qué hay aquí para ti?

—No necesito mucho para sobrevivir.

—Mi padre solía decir que tú te crecías con los retos.

Él miró hacia la ventana.

—Hay suficientes retos.

—¿Sí? Físicamente supongo que sí. ¿Pero mentalmente? ¿Emocionalmente? ¿Qué clase de retos encuentras aquí?

—¿Qué es esto? ¿Una nueva forma de entrevista de trabajo?

Ella asintió.

—Eso es exactamente, Jake. CPI te necesita a ti y a tu talento. Debes saberlo. Tu marcha fue un golpe para la compañía y para mi padre, lo admitiera él o no. No creo que ninguno de los dos llegara a recuperarse de tu ausencia. Si tú hubieras estado allí, nada de esto habría pasado. La transición después de la muerte de mi padre habría sido ordenada y sin la confusión por la que estamos pasando.

—Nadie es indispensable, Becca.

—Cierto. Pero algunos puestos se sustituyen más fácilmente que otros.

Jake metió la mano en su bolsillo y sacó la tarjeta que le había dado Betty. Con un movimiento de muñeca la lanzó a la mesa.

—¿Quién es Woodrow Forrester?

Ella no necesitaba leer la tarjeta.

—Está a cargo de la contabilidad. Papá lo contrató no mucho después de que tú te marcharas. Es el único que señaló lo urgente de la situación en la que estamos. Cuando le hablé de ti y lo que creía que podías hacer por nosotros, se ofreció para venir a buscarte.

Jake golpeó los dedos sobre la mesa y luego se los pasó por el pelo.

—No funcionaría —murmuró.

—¿Por qué no?

Él simplemente negó con la cabeza, sin decir más.

A Rebecca le dolía el pecho, y se dio cuenta de que había estado aguantando la respiración. Se obligó a llenar los pulmones de aire, rezando para encontrar inspiración. Había contado con que una vez él supiera lo serio de la situación, estuviera deseando volver.

—¿Es por mí? ¿Por lo que dijiste antes de que parezco incómoda a tu alrededor? ¿Es por eso por lo que no quieres trabajar para mí?

—Nunca me he parado a pensar en tu opinión sobre mí. Para mí, los dos trabajábamos para la misma compañía y teníamos metas similares. No teníamos que gustarnos.

Ella miró a sus manos unidas.

—No es que no me gustes, Jake —dijo despacio, buscando palabras que pudieran hacerle cambiar de opinión—. Solía sentir... Había veces que sentía como si pudieras leer mi mente, como si para ti yo no tuviera secretos —soltó una risita nerviosa—. Aceptémoslo. A veces puedes ser bastante intimidante.

Jake no dijo nada de inmediato. Esperó hasta que ella lo miró.

—Tienes un rostro muy expresivo, Becca. No es difícil saber lo que estás pensando casi siempre.

—Entonces debes saber lo desesperadamente que necesito tu ayuda. He intentado estos meses anteriores mantenerlo todo en orden. He contratado más trabajadores, sobre todo en personal, para darme a mí tiempo libre. Yo nunca quería ser la que dirigiera todo. Mi padre lo entendió, y por eso te entrenó a ti para el trabajo. Él había querido retirarse y...

Se le quebró la voz y no pudo continuar.

Jake miró alrededor, sintiéndose incómodo por el rumbo que había tomado la conversación. Le había dicho a Rebecca que no, ¿verdad? Le había dicho que estaba feliz donde estaba, ¿pero estaba siendo totalmente sincero?

Dejar la compañía había sido una de las cosas más duras que nunca había hecho. Se había sentido traicionado por Brock Adams. Jake había esperado más de Brock. Lo había admirado, había querido ser como él... hasta el día en que se dio cuenta de que su propia integridad era más importante para él que su ambición.

La voz de Rebecca interrumpió sus pensamientos.

—Tengo entendido que vives en estas montañas.

—Eso es.

—¿Es difícil llegar a tu casa?

Él se encogió de hombros.

—Depende de qué sea difícil para ti. No se puede llegar conduciendo. Hay un buen paseo una vez que aparco el todoterreno.

—¿Te gusta estar allí?

—Sí. Hay paz. Siempre me han gustado las montañas.

—¿Me enseñarías dónde vives?

Su sonrisa fue inesperada. Él sonreía muy rara vez... y ella nunca lo había oído reír en todos los años que lo había conocido. Pestañeó sorprendida por el cambio que provocó su sonrisa. Se volvió mucho más accesible. Y terriblemente atractivo.

—Me temo que no llegarías muy lejos con esa ropa.

Al menos no le había dicho que no.

—He traído más ropa. Cuando Woody me dijo que vivías en una zona montañosa solitaria, vine preparada para buscarte, sin importar dónde estuvieras.

Notó que él no había esperado eso, y siguió antes de que Jake pudiera hablar.

—Si me das tiempo para cambiarme, me encantaría ver tu casa. También he traído varios informes que me gustaría que leyeras. Pueden mostrarte mejor que nada de lo que yo pueda decir lo que ha estado pasando en la compañía durante estos meses pasados... Y también me gustaría tener la oportunidad de hacerte cambiar de opinión sobre volver a CPI —admitió.

—¿Crees que pasar la noche conmigo va a convencerme?

Ella sintió las mejillas ardiendo.

—No me refería a eso y lo sabes. Me conoces, Jake.

—¿Qué te hace decir eso? No te conozco en absoluto, Becca.

Y no necesitaba añadir que tampoco era su intención remediar la situación. Lo dejó claro el tono de su voz.

—Deja que te enseñe los informes antes de que me rechaces, Jake. Por lo menos dime lo que piensas que se puede hacer para protegernos de lo que está sucediendo en la fábrica. Admito que no sé qué hacer ni a quién recurrir. Buscarte es mi último intento desesperado para salvar a la compañía —dijo con ojos suplicantes.

—Hay un servicio detrás de aquellas puertas —las señaló—, donde puedes cambiarte de ropa. Espero que hayas traído botas de escalar.

Ella no necesitó oír más. Con pasos rápidos corrió hacia la puerta y salió al coche. Él la vio desaparecer y movió la cabeza. Debía estar más solo de lo que pensaba para haber considerado la idea de llevar a Rebecca Adams a su refugio en las montañas.

Nadie había estado antes allí. Él había elegido deliberadamente una pequeña zona de pradera a la que sólo se podía llegar a través de un estrecho cañón escondido. ¿Por qué después de tantos años estaba deseando compartirla con otra persona?

¿Y por qué ella?

Cuando Rebecca regresó del coche llevando una bolsa pequeña, Jake sacó su cartera y se acercó a Betty, que estaba trabajando detrás de la barra. Los dos vieron a Rebecca entrar en el servicio antes de que Betty mirara a Jake.

—Bonita mujer.

Jake dejó un par de billetes sobre la barra.

—Vuelve a guardar eso. Sabes que tu dinero no se acepta aquí.

—Pensé que ya habíamos dejado esa tontería. ¿Significa eso que tengo que estar escondiendo dinero por todo el local para que lo encuentres cuando cierres? Sabes perfectamente que no voy a permitir que me des comida a cambio de nada.

Betty suspiró.

—Eres terriblemente cabezota.

Él se puso la cazadora y las gafas.

—Pero de todos modos me quieres, y lo sabes.

—Nunca he dicho lo contrario. Bueno, ¿qué está haciendo esa muchacha aquí? ¿Te lo dijo?

—Supongo que debía echarme de menos —respondió Jake sonriendo.

—Parece un poco nerviosa.

—¿Eso crees? No puedo imaginar que la señorita Adams haya perdido alguna vez la compostura.

—Entonces no has visto que le temblaban las manos la primera vez que levantó su taza de café.

—Ha sido un día largo para ella. Llegó en avión desde Seattle esta mañana.

—¿Se marcha ya?

Él se cruzó de brazos.

—Voy a llevarla a mi casa.

Durante la conversación, Betty había estado limpiado la barra, colocando bien todo lo que había encima, pero sus últimas palabras le hicieron levantar la cabeza.

—¿Qué has dicho? —le preguntó con ojos como platos.

—Me has oído.

—Te he oído. Es que no te creo.

—Haz lo que quieras.

—¿Por qué la llevas allí?

La sonrisa de Jake no pudo ser más inocente.

—Porque quiere ver cómo vivo.

—Muchas personas han querido verlo, y nunca he visto que hayan tenido el privilegio.

Jake se encogió de hombros.

—A lo mejor estoy aburrido. Un poco de compañía podría ser agradable para variar. ¿Hay algún problema si dejamos su coche de alquiler aquí? Mañana la traeré.

—Nunca habría creído que ella fuera el tipo de mujer que hiciera algo así.

—¡Oh, por el amor de Dios, Betty! No se ha vendido de esclava. ¿Qué estás pensando? ¿Que la llevaré a mi casa y me aprovecharé de ella? ¡Pero si ni siquiera es mi tipo!

Betty apoyó los codos en la barra y levantó las cejas.

—Estaba hablando del largo camino a pie hasta tu casa que siempre me describes con muchos detalles. ¿De qué estás hablando tú?

Jake descolgó su sombrero, que seguía donde él lo había dejado horas antes y se lo puso. Se bajó la visera para que descansara justo sobre sus gafas.

—Ella cree que puede hacerlo. Y yo estoy dispuesto a dejar que lo intente.

Los dos se volvieron cuando oyeron la puerta del servicio abrirse. La mujer de negocios había desaparecido. En su lugar se veía a una excursionista, a juzgar pos sus botas, que estaban muy usadas. Los vaqueros le sentaban de maravilla. Llevaba una cazadora sobre un jersey holgado.

—Perdón por la tardanza —dijo deteniéndose a su lado y mirando su sombrero—. Creo que no te hubiera reconocido con el sombrero y las gafas.

—La verdad es que tampoco me reconociste sin ellas.

Rebecca miró a Betty y se encogió de hombros.

—Es verdad. Sólo lo había visto con traje antes de hoy.

—Dejaremos tu coche aquí y vendrás conmigo. Será mejor que nos marchemos para no quedarnos sin luz.

Jake abrió la puerta para que saliera Rebecca. Miró a Betty y le guiñó el ojo.

—Hasta mañana.

Betty se acercó a la puerta y los vio subir al todoterreno. Mel salió de la cocina y se acercó.

—¿Qué piensas? —le preguntó a su marido mientras Jake y Rebecca se marchaban en dirección a las montañas.

—Creo que nuestro muchacho acaba de encontrar a su media naranja y aún no lo sabe.

Ella se volvió y riéndose lo abrazó.

—Va a ser muy divertido ver cómo resulta todo. Pero él no va a saber nada hasta el final.

Mel le dio un beso y le devolvió el abrazo.

—El pobre nunca lo sabe.

Capítulo Tres

Jake miró a Rebecca de reojo cuando estuvieron en la carretera. Estaba sentada cómodamente, con aspecto tan regio como si estuviera en una limusina.

Volvió a mirar hacia la carretera. El desvío no estaba indicado, y podía pasárselo si no prestaba atención.

No estaba seguro de qué le había hecho acceder a la sugerencia de Rebecca. Quizás el aburrimiento. A lo mejor también había un poco de malicia. Si ella no creía sus palabras de que ese lugar no era apto para una mujer de ciudad, tendría que comprobarlo por sí misma.

La verdad era que a Jake no le gustaba el tipo de mujer que había creído que era; rica, mimada y acostumbrada a hacer su voluntad. Pero en ese momento se estaba preguntando si habría sido algo rápido al etiquetarla.

Brock había pensado que su hijita no podría hacer nada mal, y Jake se había cansado de oírle alabar sus virtudes. La única vez que Brock había insinuado que le gustaría ver a Rebecca y a Jake como una pareja, Jake rápidamente le había abierto los ojos a Brock. A él se le había contratado para trabajar en la compañía, no para participar en una dinastía familiar.

Disminuyó la velocidad y giró, entrando en el camino de arena que los llevaría a su siguiente parada.

—¿Estás bien? —preguntó finalmente, cuando se dio cuenta de que ella no había hablado desde que habían abandonado el restaurante.

Rebecca lo miró unos instantes.

—Sí. Nunca he visto montañas así antes. Son impresionantes.

—Desde luego, no tienen nada que ver con el aspecto de postal de las Cascades.

—Es cierto. Pero aun así... son muy majestuosas a su modo.

A Jake le agradó que ella pudiera apreciar la belleza de esas montañas. Se sentía como un padre enseñándoselas a su hijo.

—¿Has escalado mucho? —preguntó sintiendo un poco de culpa.

—Me temo que últimamente no. Solía pasar las vacaciones de verano en las montañas siempre que podía. Pero estos últimos años no he tenido mucho tiempo.

Al menos eso explicaba el aspecto usado de sus botas. Jake se aclaró la garganta.

—Vas a reconocer lo duro de este lugar en cuanto empecemos a escalar. Tenemos que llegar a mi casa antes de anochecer. De otro modo es peligroso andar por ahí fuera.

Jake metió una marcha inferior cuando la

carretera serpenteante empezó a subir en los pies de la montaña.

—¿Qué te hizo decidir vivir ahí arriba?

—Igual que tú, mientras crecía pasaba los veranos en la montaña. Solía preocupar a mi madre desapareciendo durante días.

Ella se giró en el asiento, subiendo una rodilla de forma que lo miraba de frente.

—Háblame de tu madre. ¿De cuál de los dos Abbots es familia?

A Jake nunca le había gustado hablar de él, y menos aún de su familia.

—De ninguno —respondió suspirando.

Cuando la miró, vio su confusión. ¡Diablos, su pasado no era un secreto oscuro! Era sólo que nunca lo había considerado asunto de nadie.

Se aclaró la garganta.

—Mi madre era una Apache —tragó saliva—. Cometió el error de enamorarse del hombre equivocado y casarse con él a pesar de las objeciones de su familia. Cuando él la abandonó, ella se negó a volver con su pueblo. Mel y Betty terminaron acogiéndola y dándole un lugar donde vivir.

Rebecca no dijo nada inmediatamente, y Jake tuvo la esperanza de que su curiosidad hubiera quedado satisfecha. Pero se equivocó.

—¿Qué años tenías cuando tu padre se marchó? —preguntó tras varios minutos de silencio.

—Nadie me dijo nunca nada. Pero imagino que debió marcharse cuando se enteró de que mi madre estaba embarazada.

—¿Volvió alguna vez?

—No.

—Así que nunca conociste a tu padre —murmuró con suavidad.

Jake se alivió de no oír pena ni compasión en su voz y se relajó un poco.

—Nunca quise —replicó inmediatamente—. Mi madre no se mereció ese tipo de trato.

—¿Entonces el señor Abbot fue como un segundo padre para ti?

Jake pensó en eso unos minutos.

—Supongo. Mi madre trabajó en el restaurante hasta que murió.

—¿Qué años tenías cuando murió?

Él le echó una rápida mirada irritada. ¡Esa mujer era una preguntona!

—Diez.

—Es duro perder un padre —declaró Rebecca—, no importa los años que se tengan. Yo tenía poco más de veinte cuando murió mi madre, y fue un golpe devastador. Pero al menos tenía a mi padre. Es un milagro que tú sobrevivieras tan bien.

Jake salió del camino que había estado siguiendo y paró en un lugar cubierto por una enorme piedra.

—Ella hizo todo lo que pudo por mí —admitió—. Y como te he dicho, tenía a los Abbots —paró el motor y la miró—. Mira a ver qué quieres llevarte arriba y yo lo llevaré.

Abrió la puerta y salió, sacando de detrás de su asiento una mochila.

Rebecca salió con rapidez y tomó su bolsa y su maletín.

—Oh, no es problema. Yo puedo llevarlo.

Él negó con la cabeza.

—Yo sólo tengo una mochila, y es demasiado pesada para ti. Necesitarás tus dos manos libres.

Por primera vez desde que la había visto entrar en la cafetería, Rebecca pareció insegura. Jake casi sonrió al ver la expresión de su cara.

—Te avisé que no sería fácil llegar a mi casa.

Ella asintió.

—Ya lo sé, pero pensé que habría un camino a seguir.

—Nunca he querido que nadie supiera dónde está mi casa, así que deliberadamente he usado diferentes caminos para llegar al estrecho cañón que lleva a la pradera.

Podría haberla llevado por una de las rutas más fáciles, pero prefirió no hacerlo. No quería que ella decidiera que podía encontrar el lugar sola en algún otro momento e intentara volver para intentar convencerlo de volver a Seattle.

Rebecca abrió su bolsa con el ceño fruncido.

—Si quieres cambiar de opinión ahora es el momento. Aún puedo llevarte a la cafetería. Puedes pasar la noche con Mel y Betty y...

—No. Podré hacerlo.

Buscó entre alguna ropa y de mala gana le dio a Jake unas pocas prendas. Él las metió en la mochila mientras ella abría el maletín y sacaba los informes. En silencio se los dio también. Sin mirarlos, Jake abrió una cremallera y los metió en un bolsillo lateral.

Tras ajustarse la mochila y las correas, se aseguró que las puertas del vehículo quedaban bien cerradas y miró a Rebecca.

—¿Preparada?

Ella estaba de pie con las manos en los bolsillos de la cazadora, mirando hacia el duro terreno. Asintió son una sonrisa y encogiéndose de hombros.

—Todo lo que puedo estar. Algo me dice que voy a lamentar haber faltado a algunas de las clases de gimnasia este invierno.

Jake casi sonrió. Rebecca estaba tomándoselo todo mejor de lo que él había esperado. Se volvió a sentir culpable, pero sólo durante un momento. Tenía que recordar quién era ella y por qué había ido a Texas.

Sin decir palabra, dio media vuelta y empezó con la siguiente etapa de su viaje.

Rebecca no sabía cuánto tiempo habían estado siguiendo lo que parecía ser un sendero inexistente. Había estado demasiado ocupada tratando de seguir las grandes zancadas de Jake. Él ni siquiera respiraba con dificultad y llevaba una mochila. Ella, por otro lado, iba medio ahogada.

Por alguna razón, se había imaginado su visita a las montañas como un viaje largo en coche por una carretera primitiva, seguida de una caminata de varios cientos de metros hasta la casa de Jake. Pero en lugar de eso, estaba terriblemente confundida con todos los giros y desvíos que habían tomado.

A pesar de las protestas de sus pulmones, estaba decidida a demostrarle a Jake que tenía resistencia y aguante para seguirlo hasta su refugio escondido.

Estaba tan sumida en sus pensamientos que cuando Jake se paró, casi se chocó con él.

—¿Estás bien? —le preguntó con brusquedad.

Si a Rebecca le hubiera quedado algo de aire, se habría reído. En su lugar aprovechó el descanso para respirar.

—De maravilla —consiguió decir.

Él frunció el ceño.

—Si iba demasiado deprisa podrías habérmelo dicho.

Ella se inclinó hacia delante, apoyando los brazos contra las rodillas dobladas mientras continuaba respirando profundamente. Cuando finalmente se enderezó, lo miró a los ojos.

—Pero para eso era todo este ejercicio, ¿verdad? ¿Para enseñarme lo fuera de lugar que estoy en tu mundo?

Notó un ligero rubor en los pómulos de Jake. Bueno, al menos había tenido la elegancia de enrojecer. Miró a su alrededor pero no vio nada que pareciera una vivienda. Un estrecho cañón salía a la izquierda de donde estaban.

Jake hizo un gesto hacia el cañón.

—Tenemos que ir por allí. Casi hemos llegado.

Las rodillas de Rebecca eran como gelatina. Sólo su fuerte determinación para no permitirle ganar esa baza le dio energías para levantar la barbilla.

—De acuerdo.

—Ya hemos pasado lo peor. Lo has hecho bien, mejor que muchos escaladores aficionados.

—¿Significa eso que he pasado uno de tus exámenes?

Él sonrió, lo que no ayudó en absoluto a la consistencia de sus rodillas.

—Te avisé, Becca —señaló con sensatez.

—Es cierto —miró alrededor—. La luz está desapareciendo deprisa, ¿verdad?

Jake la miró en silencio un momento antes de iniciar el camino.

El cañón continuaba estrechándose hasta que llegaron a su fin. ¿Esperaría Jake que ella pusiera algunas objeciones al viaje innecesario? Pero Rebecca estaba aprendiendo algunas cosas sobre Jake Taggart. Y por la misma razón, él iba a aprender algunas cosas sobre ella. Rebecca podía ser tan obstinada como él. Ella sabía cuál era su objetivo, y no pretendía echarse atrás. Aunque había muchas posibilidades de que al día siguiente tuviera demasiadas agujetas como para poder marcharse.

El paso de Jake no disminuyó mientras continuaba hacia la superficie oscura de la pared del cañón. Se detuvo junto a un matorral que crecía a lo largo de la pared y la esperó hasta que llegó a su lado. Hizo un gesto hacia un agujero negro escondido detrás del matorral.

—Ya puedes ir delante. Sólo hay una dirección a seguir. No puedes perderte.

Ella lo miró incrédula.

—¿Estás diciéndome que metiste por aquí materiales de construcción?

—No. Hay otro camino para entrar, pero habríamos tardado dos horas más. Ésta es la ruta más directa.

Rebecca se acercó despacio al agujero.

—¿Es una cueva?

—Sí. Enlaza con la zona del otro lado.

En cuanto entró, se detuvo unos instantes para que sus ojos se ajustaran a la oscuridad. Una débil luz brillaba en la distancia, y descubrió que podía ver mejor de lo que había pensado.

—Toma —dijo Jake tras ella.

Se volvió y él le dio una linterna. Era pequeña, pero daba luz suficiente para ver dónde ponía los pies. Se apresuró hacia la luz. Casi podía sentir el peso de las montañas sobre ella y presionándola por los lados.

Cuando salió de la cueva a un amplio saliente, no pudo ocultar su gritó de sorpresa. Ése era el modo que debía tener el mundo cuando fue creado. Las paredes montañosas rodeaban un perfecto valle de hierba y árboles, con un riachuelo cruzándolo, saltando y serpenteando sobre piedras redondeadas y desapareciendo tras las montañas de nuevo.

Los ciervos pastaban en el borde del riachuelo. El macho los observó mientras Jake se unía a ella en el saliente y varias hembras continuaban pastando.

—No parecen asustados —murmuró Rebecca.

—No hay ninguna razón. Me conocen.

Jake empezó a bajar por un estrecho camino que había sido cincelado a lo largo del saliente de la pared del cañón y que llevaba al valle. Rebecca aguantó la respiración por la facilidad con la que él se movía por el lugar peligroso.

Ella puso la mano contra la pared y lo siguió

despacio, apartando el cuerpo del profundo abismo. Sólo respiró cuando llegó al valle.

—Nunca he estado en lugar tan bello —murmuró—. No me extraña que volvieras aquí.

—Es un lugar sanador —dijo él sin mirarla.

—Sí.

Lo entendía. El aire parecía relucir de claridad. Los colores parecían más brillantes, y los sonidos más agudos.

Jake empezó a caminar de nuevo con grandes zancadas mientras se dirigía por el centro del valle hasta la pared del fondo del cañón. Los músculos de Rebecca protestaron, y trató de ignorar el dolor concentrándose en sus alrededores. El valle era realmente bello, y su vegetación exuberante sorprendía en esa época del año entre esas montañas áridas.

Casi habían llegado al final cuando Rebecca vio la cabaña. Estaba construida en la misma roca, fundiéndose con el color natural de sus alrededores. Había una ventana a cada lado de la puerta y un tejado que protegía un pequeño porche.

—Parece un lugar encantado.

No se dio cuenta de que había hablado en voz alta hasta que él se rió y la miró.

¡Oh, no! Rebecca no necesitaba su atractiva sonrisa.

Jake abrió la puerta y la sujetó. Rebecca entró. El lugar era mucho mayor de lo que había sospechado. Obviamente Jake había construido su cabaña dentro de una cueva grande, añadiendo cuidadosamente materiales, de modo que el suelo, techo y paredes estaban cubiertos y sellados. Por las ventanas entraba la luz del oeste, inundando la habitación de motas bailarinas de sol. El suelo estaba suavemente alisado y lijado y brillaba como cristal dorado.

Rebecca se acercó a la mesa y la tocó con la punta de los dedos.

—¿La has hecho tú?

—He hecho todos los muebles. Es un pasatiempo.

Miró la cama de cuatro postes, las sillas a juego, la zona de cocina con los espaciosos armarios...

—Ésta no es mi idea de vivir sin comodidades en la montaña.

Él se encogió de hombros.

—Tengo un generador que mantiene el frigorífico, pero uso linternas de queroseno para tener luz y guiso en la cocina de madera.

—¿Nunca le has enseñado este lugar a nadie?

Él frunció el ceño, antes de ocuparse repentinamente quitándose la mochila y vaciándola.

—No —respondió al fin, sin mirarla.

Entonces Rebecca notó algo.

—No hay fontanería —observó.

—Ni habitación de invitados.

Ella se encogió de hombros.

—Eso no es problema. Si tienes un saco, yo puedo...

—No, no puedes. Por supuesto tú te quedarás con la cama. De todos modos, en verano siempre duermo fuera.

—¿Puedo recordarte que no estamos en verano?

—Lo sé. Pero estoy acostumbrado a acampar fuera, dormir en cualquier superficie. Tú no.

Jake le dio su ropa y las carpetas. Rebecca las tomó sin decir nada. No importaba. La cuestión era que estaba ahí. No podía creer su buena suerte. Olvidó sus dolores al saber que estaba realmente con Jake. Había cumplido su primer objetivo. Lo había encontrado.

Había sabido que no iba a ser fácil convencerlo de que regresara, pero la animaba saber que él había hecho una excepción permitiéndole visitar su casa.

Eso debía significar algo, incluso aunque no sabía el qué.

Tendría que avanzar un paso cada vez. De algún modo, tenía que convencerlo para que regresara a Seattle.

Lo necesitaba... por el bien de la compañía, por supuesto.

Capítulo Cuatro

Rebecca ayudó a Jake a preparar la comida. Él había encendido las lámparas de queroseno cuando el sol desapareció tras las altas montañas rodeando el valle.

Incluso había conseguido actuar con indiferencia cuando él le enseñó el retrete que había construido no muy lejos.

En ese momento recogían juntos la mesa y lavaban los platos con el agua que él había recogido del riachuelo. Había llenado un enorme cubo que estaba detrás de la cocina y así el agua estaba caliente cuando la usaron.

—Es como vivir en otro siglo, ¿verdad? —dijo Rebecca.

Su voz sonó alta en el silencio que pareció envolverlos como una presencia invisible. No lo había notado hasta que habló, porque había estado cómoda con la rutina que habían establecido juntos.

La sorprendió. Nunca hubiera creído que pudiera estar tan a gusto con Jake Taggart, al menos no con el que conoció.

Pero ese Jake no era el mismo hombre, ni tenía su aspecto ni actuaba como él.

—Supongo que es un cambio respecto a lo que estás acostumbrada —dijo Jake secándose las manos en un paño.

—Sí. Dudo que mucha gente de la que vive en ciudades pueda imaginar un lugar así.

Él se apartó de la zona de la cocina y se acercó a la estufa, donde metió más leña.

—Jake, has dejado claro que no puedes ayudarme, pero al menos ten la mente abierta cuando leas los informes que te he traído. No estoy pidiéndote que tu guste yo o que me des tu aprobación, pero si te importa algo lo que la compañía significó para mi padre, al menos leerás los informes.

Jake se levantó de la posición agachada frente al fuego. La miró un rato. Luego apartó la mirada y se metió las manos en el bolsillo.

—Mira, Becca. No me enorgullece precisamente haberte arrastrado hasta aquí. Pero tú te lo has tomado bien. Supongo que me ha salido el tiro por la culata. Estaba seguro de que exigirías volver mucho antes de llegar al valle.

—¿Estás disculpándote?

—Sí, supongo que sí.

Ella sonrió.

—Parece que los dos hemos aprendido algo. Yo nunca esperaba oírte admitir que te habías equivocado en algo.

—Me he equivocado en muchas cosas.

—¿Como en marcharte de CPI?

Jake se apartó de ella, levantó una silla y se sentó a su lado frente a la estufa.

—No. No puedo decir que marcharme fuera equivocado. A lo mejor sí el modo en que lo hice, pero mis razones eran acertadas.

—Cuéntamelas.

Él la miró un rato antes de responder.

—No fue por una sola cosa, sino por la filosofía que había detrás de los negocios. No me importa aceptar riesgos, pero no a costa de las vidas de otras personas.

Ella se enderezó.

—¿De qué estás hablando?

Jake se levantó. Se acercó a la ventana y miró hacia fuera, aunque Rebecca no sabía qué podía ver excepto el reflejo de las luces de las lámparas. Se había metido las manos en los bolsillos traseros de los vaqueros, haciendo que Rebecca se fijara en sus nalgas fuertes.

Pestañeó y apartó la vista de su musculosa figura.

—El gobierno estaba presionando para que le proporcionáramos piezas para un avión experimental —dijo al fin, mirando aún por la ventana—. Le dije a Brock que no habíamos probado una de las piezas lo suficiente, que necesitábamos más tiempo a pesar de las presiones. Él insistió en que habíamos hecho suficientes.

—Así que el vuelo tuvo lugar según lo programado... —dijo Rebecca suavemente.

—Y el piloto murió —terminó Jake.

—¿El accidente se debió a esa pieza?

Jake se encogió de hombros.

—No lo sé. Aún se estaba investigando cuando me marché —giró y la miró—. Pero eso ya no me importaba. Le dije a Brock lo que pensaba. Él hizo caso omiso de mis protestas, diciendo que no podíamos permitirnos ofender a nuestro mayor cliente retrasando la producción de unas piezas. Decía que el gobierno era responsable por su decisión.

—Y tú no estabas de acuerdo.

—Claro que el gobierno es responsable de lo que hace. Todo lo que yo decía era que CPI necesitaba aceptar responsabilidad de sus productos y las condiciones en torno a la producción.

—¿Crees que la pieza estaba defectuosa?

Una vez más, el se pasó la mano por el pelo.

—¡Dios, espero que no! He pasado muchas noches sin dormir preguntándome si podríamos haber salvado la vida del piloto, si podríamos haber retrasado la entrega el tiempo suficiente para estar seguros...

Se acercó al frigorífico y sacó una cerveza. La levantó para ofrecerle una en silencio. Ella negó con la cabeza. Jake la abrió y dio un trago antes de detenerse frente al fuego.

—Eso fue hace un año. Estoy seguro de que ya saben más de lo que pasó.

—Si volvieras, Jake, tú estarías a cargo de todas las decisiones relacionadas con la producción y las pruebas de los productos.

Él la miró.

—Si volviera, insistiría en ese aspecto.

Ella se levantó y se acercó a la cama donde había dejado las carpetas. Se las dio en silencio.

53

—¿Qué quieres que haga con esto?

—Leerlo, claro.

—Ya no estoy en la empresa. No tengo derecho a mirar documentación confidencial.

Rebecca suspiró.

—Sí que eres cabezota. Si pensara que ibas a robar secretos de la compañía, en primer lugar no estaría aquí, Jake. Esos informes cubren los últimos doce meses y te mostrarán más claramente que yo lo que ocurre y por qué estoy aquí. Por favor, léelos.

Jake dejó las carpetas en la mesa, se sentó, apoyó un pie en la mesa y echó la silla hacia atrás de modo que quedó apoyado en las dos patas traseras. Entonces tomó la primera carpeta y la abrió, quedándose absorto casi al instante.

En silencio, Rebecca se levantó y se puso la cazadora. Fue a puerta y la abrió.

—¿Quieres que vaya contigo?

Rebecca miró hacia fuera. La luz proyectada por las lámparas formaba cuadrados amarillos en el suelo. Más allá, todo se veía negro.

—¿Hay animales ahí fuera?

—Hay algunos depredadores que podrían considerarte un sabroso bocado.

Ella tragó saliva.

—Entonces sí me gustaría que me acompañaras.

Jake se levantó, tomó su cazadora y la siguió.

El aire era frío. Rebecca respiró profundamente, asombrada de lo limpio y claro que le parecía todo. Una vez alejados de la cabaña, la noche había dejado de parecer tan negra. Levantó la mirada y vio el cielo lleno de brillantes estrellas. Parecían tan cercanas que sentía como si para tocarlas sólo tuviera que escalar las montañas a su alrededor y ponerse de puntillas.

Cuando llegaron a la pequeña cabina, él le puso en la mano un objeto cilíndrico.

—He traído una linterna para que veas cuando estés dentro y puedas asegurarte de que no tienes compañía.

Rebecca vaciló, no queriendo encenderla y reducir la belleza de la noche con luz artificial. La luz de la luna guió sus pasos mientras Jake esperaba junto a un árbol.

—Esperaré aquí. Si ocurre algo estarás a salvo.

Se llevó con ella la linterna, pero esperó hasta que abrió la puerta antes de encenderla.

Cuando estuvo lista para marcharse, apagó la luz y salió a la noche plateada.

En lugar de regresar a la cabaña, Jake le dio la mano en silencio y la llevó en otra dirección, hacia el riachuelo. Se pararon entre los árboles y Jake hizo un gesto hacia el agua.

Al principio ella no vio nada. Estaba demasiado atenta al modo en que, con naturalidad, él la había rodeado con los brazos y la había apoyado contra su pecho, rodeándola de su calor.

Rebecca sentía el corazón acelerado. Ese hombre era imprevisible. Intentó parecer relajada mientras se preguntaba por qué la había llevado allí. Entonces vio algo moverse y se fijó más.

Vio una procesión de pequeñas criaturas nocturnas bajando por el agua. Cuando se apartó para mirar a Jake, él afirmó con la cabeza y sonrió.

Fascinada, Rebecca volvió a mirar hacia el agua y observó en silencio a varios animales realizando lo que debía ser una especie de rutina nocturna.

Cuando de repente se esparcieron, Rebecca esperó a ver qué los había sobresaltado. Una sombra más oscura y mucho mayor se movía en silencio junto a la orilla. Ella aguantó la respiración mientras veía al animal beber, y volver a desaparecer entre la maleza sin hacer ruido.

Se estremeció, y Jake en silencio se la llevó a la cabaña. Continuó dándole la mano hasta que llegaron a la puerta.

—¿Cómo sabías que estarían allí? —le preguntó en cuanto entraron.

—Conozco sus costumbres, los sitios donde comen. Son parte de mi entorno, y yo soy parte del suyo.

—¿Quieres decir que sabían que estábamos allí?

—Sí.

—¿Y no les importa?

—No mientras no nos movamos. Si hubiéramos hecho algún movimiento amenazador, habrían desaparecido en un instante.

Ella sonrió, decidida a ignorar lo que había sentido cuando él la había abrazado.

—Gracias por compartir todo eso conmigo.

—Es lo menos que podía hacer por haberte arrastrado hasta aquí.

—Yo lo pedí, ¿recuerdas?

—Sin tener idea de en qué te ibas a meter.

—Cierto —se frotó los muslos—. Ya me están

doliendo los músculos. Posiblemente no podré moverme mañana.

Él hizo un gesto hacia la cama.

—Acuéstate cuando te apetezca.

Ella miró la cama con gesto extasiado.

—¿No te importa?

—En absoluto. Te dejaré algo de intimidad —se acercó a la puerta—. Si la luz no te molesta, creo que continuaré leyendo los informes. Admito que estoy intrigado.

—Dudo que nada pueda mantenerme despierta en cuanto me meta en la cama —admitió Rebecca sonriendo.

Asintiendo, Jake abrió la puerta y salió, dejándola sola.

Ella no perdió tiempo en quitarse la ropa y ponerse su cálido pijama antes de meterse bajo las mantas. Suspiró. La habitación estaba acogedora con el calor de la estufa, y casi gritó de placer al ser finalmente capaz de estirarse y permitir a sus músculos que se relajaran.

Cerró los ojos, apenas notando una sensación nueva de bienestar que había estado ausente en su vida durante mucho tiempo.

Jake estaba de pie en las sombras, contemplando el agua, consternado al darse cuenta de que estaba disfrutando compartiendo su refugio con Rebecca. Ella había estado sorprendiéndolo durante toda la tarde mientras lo había seguido sin protestar, obligándose a aguantar.

Él había cometido el error de estereotipar. Había considerado igual a cualquier mujer que hubiera crecido con todos los privilegios que el dinero pudiera comprar.

Había juzgado a Rebecca a través de los cristales distorsionados de sus experiencias pasadas, lo que no le hacía sentirse muy bien.

Y además, había descubierto al abrazarla que la atraía físicamente. Dado su aislamiento, el momento del descubrimiento no era el más apropiado.

Así que tenía que regresar a la cabaña e ignorar el hecho de que ella estaba metida en su cama. Se apartó del agua y se dirigió hacia la casa. Ya había leído lo suficiente de los informes para saber que la empresa tenía serios problemas a menos que se hiciera algo con rapidez.

Abrió la puerta y vio que Rebecca parecía profundamente dormida. Sin duda se levantaría con agujetas después de la caminata. Ignoró la culpa que sintió, sabiendo que ya no podía hacer mucho.

Se puso a leer los informes. Al menos al día siguiente podría decirle que los había leído y a lo mejor darle algún consejo.

Horas más tarde, se frotaba cansado los ojos y miraba los informes repartidos delante de él en la mesa. Si Brock hubiera sabido... Bueno, era inútil especular sobre lo que habría hecho Brock, pero al menos los motivos de Rebecca para buscarlo eran mucho más claros. Jake sabía que él era el único que podía entender perfectamente lo que había estado haciendo Brock con la compañía, hacia dónde la había estado llevando y qué había esperado conseguir.

Alguien estaba trabajando duro por destrozar la empresa. Si pudiera saber quién, sabría la razón. O viceversa.

A pesar de sus reservas, estaba lo suficientemente intrigado para considerar el regresar a Seattle para investigar. No de modo permanente, por supuesto. Sólo el tiempo suficiente para ver en persona lo que había leído en los informes. Los precios estaban subiendo, la producción disminuyendo, estaban sucediendo accidentes inexplicables con alarmante frecuencia, y nadie parecía tener respuestas que ofrecer a la nueva dueña de la compañía.

Jake se puso de pie y se estiró. Miró a la mujer que estaba durmiendo en su cama. Dormía profundamente y apenas se había movido en las horas anteriores. Se acercó al fuego para alimentarlo antes de extender su saco cerca. Después de apagar la lámpara de queroseno, se metió en el saco e inmediatamente se quedó dormido.

En algún momento después, un sonido lo despertó de un profundo sueño. Como un animal que había aprendido a sobrevivir en un entorno salvaje, sus sentidos agudos habían detectado una presencia desconocida. Abrió los ojos e inmediatamente reconoció lo que su subconsciente había olvidado. Tenía una visita.

Con la suave luz del amanecer apreció la forma de la mujer que estaba de pie junto a su cama, quitándose el pijama. Podía ver su espalda y caderas escasamente cubiertas. Llevaba unas braguitas de encaje transparentes. Mientras la miraba, ella se volvió, de forma que él pudo ver sus pechos cuando fue a ponerse el sujetador.

Jake cerró los ojos, de repente consciente del hecho de que estaba mirándola con descaro mientras ella lo creía dormido. ¿De todos modos, qué le pasaba? Había visto cuerpos bonitos de mujer antes, aunque si era honesto, habían pasado meses. Él ya había sabido que el cuerpo de Rebecca era seductor. Pero no quería pensar en ella como en una mujer, después de la decisión que había tomado la noche anterior. Si iba a ser su jefa, incluso durante un tiempo limitado, necesitaba mantener su relación a un nivel puramente profesional.

Y lo último que necesitaba, dada su situación en ese momento, era sentir la fuerte atracción física que había experimentado la noche anterior.

Se puso de lado, dándole la espalda a Rebecca. Necesitaba levantarse, aunque sólo hubiera dormido unas pocas horas. Le daría a Rebecca unos minutos antes de hacerlo.

La puerta de la cabaña se abrió en silencio y se cerró. Entonces se levantó. Buscó sus vaqueros y camisa, se vistió con rapidez y se acercó a la cocina. La leña que había metido antes aún daba calor para caldear la habitación. Después de preparar café, abrió uno de los armarios y sacó una maleta.

Cuando Rebecca entró varios minutos después, él estaba llenándola con lo que llamaba «su ropa de ciudad».

—¡Madre mía! Hace frío fuera —exclamó ella cerrando deprisa la puerta—. Hay hielo por todas partes y está nublado —se acercó a la estufa para calentarse y entonces vio su maleta abierta—. ¿Jake? —preguntó con tono sorprendido y feliz—. ¿Has cambiado de opinión? ¿Vas a volver?

—No de forma permanente, pero veré qué puedo hacer para ayudar. Ahora mismo no tienes a mucha gente de tu lado.

—No sabes lo mucho que significa esto para mí, Jake. No habría sabido qué otra cosa hacer si no hubieras querido venir.

—Esperemos que no haga falta mucho tiempo. Alguien está trabajando para acabar con la empresa. En cuanto yo averigüe quién es, tú no tendrás problemas para dirigirlo todo como la seda.

Ella soltó una risita.

—No soy orgullosa, Jake. Acepto cualquier cosa que tú estés dispuesto a ofrecer —miró su equipaje—. ¿Vas a volver conmigo?

Él se detuvo y se acercó a la ventana.

—Sí. Pensé que podíamos irnos después de desayunar, pero ahora no estoy seguro —se puso la cazadora—. Será mejor que vaya a ver cómo está el tiempo antes de tomar una decisión.

Rebecca abrió mucho los ojos.

—¿Quieres decir que a lo mejor tenemos que quedarnos aquí más tiempo?

Él miró por encima de su hombro y vio que la idea no le agradaba más que a él, pero estaba seguro de que las razones de Rebecca no eran las mismas que las suyas. A ella no le gustaban las instalaciones primitivas, mientras que él no necesitaba recordar que estaba compartiendo una cabaña aislada con una mujer muy atractiva. Si hubiera algún modo de que se marcharan ese día, lo harían. Pero una tormenta inesperada en esas montañas podía ser peligrosa. No tenía sentido arriesgar sus vidas.

—Lo sabré en cuanto salga —murmuró saliendo y cerrando la puerta.

Rebecca vio que Jake había hecho café y se sirvió una taza. Entonces empezó a buscar ingredientes para preparar el desayuno.

Había dormido de maravilla. De hecho, no recordaba haber dormido nunca tan bien.

Le había costado trabajo salir de la cama esa mañana. Todos los músculos de su cuerpo protestaban a cada movimiento. Así que realmente no le importaría poder descansar un poco antes de empezar la dura caminata de vuelta.

Había frito bacon y cuando Jake volvió junto con una bocanada de aire frío y húmedo. Se quitó las botas y colgó la cazadora en una percha.

—No parece que esté mejorando el tiempo —le dijo Rebecca dándole una taza de café

—No, está empezando a caer aguanieve —dijo él disgustado.

—Oh.

—No quiero que exista a posibilidad de que nos quedemos atrapados en el camino.

—De acuerdo.

—Debería aclarar en pocas horas. A lo mejor esta tarde podremos salir de aquí.

—Bien —ella le hizo un gesto a la mesa y puso un plato de comida caliente delante de él.

—No pareces muy preocupada por tener que quedarte aquí.

Rebecca sonrió.

—No lo estoy —miró alrededor—. Estaremos seguros aquí.

—Claro que estamos a salvo, pero perderemos tiempo. Quería llegar hoy a El Paso. Tendremos que sacar billetes de avión para Seattle. Quiero aparecer en la compañía antes de que nadie piense que voy.

—No te preocupes. Después del fracaso del viaje de Woody, nadie esperará que aparezcas tan rápidamente después de haberme marchado.

—Al menos es algo.

—¿Crees que es alguien de la compañía, Jake?

—Con toda seguridad. ¿Has tenido alguna oferta para comprar tu parte?

—No.

—Entonces aún están intentando provocarte, Y así cuando te hagan una oferta baja, estarás deseando aceptarla.

—¿Es por eso?

Él terminó todo lo que había en el plato antes de responder.

—Seguro. Alguien piensa que con Brock fuera de escena, es el momento de adquirir la compañía por casi nada.

—Pero tú no vas a permitirlo, ¿verdad?

—No si puedo evitarlo.

Antes de pensar en lo que estaba haciendo, Rebecca se acercó y abrazó a Jake. Le dio un beso rápido en la mejilla.

—Sabía que podía contar contigo. No importa

lo que pasó entre mi padre y tú, sabía que lo entenderías y me ayudarías.

Él la miró, obviamente sorprendido de su arrebato de entusiasmo.

—Pero no voy a quedarme —repitió—. Esto es sólo algo temporal, aunque no quiero que se lo digas a nadie.

—Como quieras.

—Voy a comprobar el tiempo de nuevo —dijo de repente.

Se levantó, se puso su cazadora y salió.

Rebecca se quedó mirando la puerta, perpleja por su prisa. ¿No acababa de estar fuera? ¿Qué podría haber cambiado en tan poco tiempo? Se encogió de hombros y empezó a recoger la mesa. Al menos, limpiar la cocina y buscar los ingredientes para preparar el almuerzo la mantendrían ocupada.

Jake estaba de pie, con el aguanieve pinchándole en la cara como si fueran agujas, deseando no haberla llevado allí. ¿Qué diablos iba a hacer si tenían que quedarse otra noche?

Por el aspecto de las cosas, no había otra opción. Ignorando el aguanieve, cruzó el valle hasta el otro lado, donde el camino estrecho llevaba a la entrada de la cueva.

Como había imaginado, estaba demasiado resbaladizo.

Era el momento de enfrentarse a algunas verdades. Número uno; llevaba demasiado tiempo sin estar con una mujer. Dos; la Rebecca Adams que había conocido esos dos últimos días no tenía nada que ver con la niña mimada que siempre había considerado que era. Tres; la deseaba terriblemente.

Nada como un caso de lujuria en una tormenta invernal para añadir a su ya incómoda situación. De acuerdo, la encontraba atractiva. ¿Y qué? No era un adolescente con las hormonas alteradas.

¿Entonces por qué estaba allí de pie bajo una tormenta de nieve hablando consigo mismo en lugar de en su acogedora cabaña? Parecía que la cabaña había encogido desde que Rebecca había llegado.

No podía alejarse suficientemente de ella. Podía oler su suave aroma floral desde cualquier parte de la habitación. La luz nunca era tan débil como para que no notara cómo el pelo oscuro le enmarcaba la cara, dándole un aspecto inocente, como alejado del mundo.

Como un idiota, la había visto medio desnuda, para así no tener que hacer uso de su imaginación. ¡Diablos, no! No podía ponerse a recordarlo en ese momento.

Y si todo eso no fuera suficiente, por gratitud, ella lo había abrazado y le había dado un beso. Aún podía sentir la suave presión de sus labios en su cara.

Hundió los hombros, se subió el cuello y se encaminó hacia la cabaña. No podía estar allí fuera todo el día o pillaría una pulmonía. Por lo menos supuso que habría cierta similitud entre el tiempo y una ducha fría.

Apresuró el paso y en cuanto abrió la puerta se dio cuenta de que había vuelto a meter la pata. No se le había ocurrido llamar antes, así que la sorprendió sujetando una toalla con la que rápidamente se estaba cubriendo el cuerpo... desnudo.

—¡Oh! Lo siento. Debería haberte preguntado primero, pero quería lavarme un poco, así que usé el agua caliente para limpiarme con una esponja. Pensé que terminaría antes de que llegaras.

Él se apoyó contra la puerta y suspiró.

—No tienes que disculparte, Becca. Eso es lo que hago yo cuando hace demasiado frío para bañarme en el río —se apartó de la puerta y se quitó la cazadora, dándole la espalda mientras miraba por la ventana.

—Sigue. No te preocupes por mí.

Oyó su suspiro de alivio. Ella confiaba en él posiblemente más que él mismo.

—¿Está despejando algo?

—No hay modo de que podamos salir hoy de aquí. El hielo no se derrite. El tiempo por aquí cambia tan deprisa que mañana podríamos encontrarnos con una ola de calor.

—¿En serio?

Jake sonrió sin dejar de mirar a la ventana.

—Bueno, puede que eso sea exagerar un poco. Otra cosa por la que nos conocen en Texas.

Se oyó ruido de ropa.

—Bueno, esperemos poder marcharnos pronto. No he traído mucho que ponerme... Ya puedes volverte, gracias.

Estaba cepillándose el pelo cuando se dio la vuelta. Parecía como una niña recién lavada. Su piel brillaba de juventud y buena salud.

Jake se tocó la barbilla.

—Será mejor que me afeite. Ayer lo olvidé.

Echó más agua caliente de detrás de la cocina en un barreño y sacó sus utensilios.

Ella se sentó para mirarlo.

Jake levantó una ceja cuando vio lo que estaba haciendo Rebecca, y ella sonrió.

—No he visto a nadie afeitarse desde que era pequeña, cuando solía mirar a mi padre.

—Seguro que has tenido ocasión de ver a los hombres con los que has salido.

—Me temo que no. Me recogían en mi casa ya afeitados.

Él se calló mientras se echaba espuma y la miró.

—Ya sabes a qué me refiero. ¿No has pasado un fin de semana en el que... ?

Dejó de hablar cuando ella empezó a negar con la cabeza.

—¿No? —preguntó incrédulo.

—No.

—¿Nunca?

—Nunca.

—Lo encuentro difícil de creer.

Se concentró en su rostro en el espejo y empezó a pasarse la cuchilla.

—¿Por qué?

—Porque eres una mujer muy atractiva. También muy inteligente, y a riesgo de parecer grosero, muy rica. Estoy seguro de que todos los hombres están...

—No he dicho que no haya recibido ofertas.

—Oh.

—Si hubiera pensado que esas ofertas estaban basabas en el hecho de que me encontraban atractiva o inteligente, podría haberlas considerado. Pero...

—No todos los hombres que te miran ven dinero, estoy seguro.

—Posiblemente no. Supongo que lo que ocurre es que nunca he conocido a nadie con quien quisiera pasar ese tipo de momento.

Jake la miró y vio que estaba colorada.

—¿Qué tipo de momento?

—Ya sabes, un fin de semana.

—Entiendo.

No dijo nada más, y tampoco ella. El silencio entre ellos se cargó de tensión. Aunque ninguno quisiera decirlo, la cuestión era que estaban solos en una cabaña aislada, aunque no habían pretendido pasar más que unas horas allí.

Pero Jake se recordó que ella no había elegido pasar con él ese tiempo porque le atrajera. Había dejado muy claro desde el principio que había ido en busca de su ayuda.

Y él no podía permitirse aprovecharse de la oportunidad que se le había presentado.

Se quitó con una toalla el resto de espuma de la cara, se echó agua y la miró.

—¿Bueno, qué quieres hacer durante el resto del día, Rebecca?

Y vio asombrado, cómo ella se ponía como un tomate.

Horas después, Jake estaba mirando por la ventana cómo la oscuridad lo había envuelto todo. Miró su reloj.

—¿Te gustaría que te acompañara fuera una vez más antes de que nos acostemos? Con suerte podremos marcharnos temprano mañana.

Vio a Rebecca levantarse y estirarse de la alfombra que había colocado frente al fuego.

—Supongo que sí. No puedo creer lo rápido que ha pasado hoy el tiempo. No recuerdo cuándo tuve tanto tiempo libre para leer y relajarme.

Él le había enseñado su colección de libros y sus revistas, y los dos habían discutido sobre sus autores preferidos después de comer.

Jake había pasado fuera el mayor tiempo posible, intentando poner una distancia necesaria entre los dos.

Siguieron la rutina de la noche anterior. Él la acompañó de vuelta a la cabina y se quedó fuera el tiempo suficiente para asegurarse de que ella estaría en la cama. Incluso llamó a la puerta antes de entrar.

Tras asegurarse de que había bastante leña para mantener el lugar caliente toda la noche, se metió en su saco y finalmente se relajó.

—Gracias, Jake.

—¿Por qué?

—Por ser todo un caballero. Otros hombres

podrían haberse aprovechado de nuestra situación.

—Es posible.

—No. Lo habrían hecho.

—No intentes ponerme un halo de santo. No me entraría.

Ella soltó una risita.

—Buenas noches, Jake.

—Buenas noches, Becca.

Pero pasó mucho tiempo antes de que él pudiera finalmente quedarse dormido.

Jake se despertó a la mañana siguiente con la luz del sol. Miró hacia la cama y vio que Rebecca seguía dormida. Rápidamente salió del saco y se puso los vaqueros y la camisa. En cuanto se puso los calcetines y las botas, tomó el sombrero y la cazadora y salió.

El valle brillaba con escarcha. Respiró profundamente y sonrió. El cielo estaba azul, y el sol había comenzado a derretir el hielo. Como el camino hasta la cueva había recibido directamente el sol del amanecer, estaba seguro de que se secaría en un par de horas.

Y podrían marcharse.

Rebecca estaba despertándose cuando él volvió a preparar el café.

—¿Ha terminado la tormenta?

—Sí. Podremos marcharnos después de comer y preparar el equipaje —no la miró—. No te miraré por si quieres vestirte.

Oyó el sonido de las sábanas y los suaves roces de la ropa sobre su piel.

Su imaginación estaba desbordándose.

Cuando ella se unió a él en la cocina, los dos prepararon un desayuno rápido. Después prepararon el equipaje y apagaron los fuegos de la estufa y la cocina.

Antes de que Rebecca pudiera creerlo, estaban cruzando el valle hasta el camino que llevaba al cañón.

Jake llevaba dos bolsas y su mochila, aún insistiendo en que ella tuviera libres las manos. Por lo estrecho del camino, hizo dos viajes para llevar las dos, dejándose un brazo libre para apoyarse contra la pared del precipicio.

El viaje de vuelta le pareció a Rebecca mucho más rápido, en parte porque lo conocía y también porque era cuesta abajo casi todo el tiempo. Tras la primera media hora, sus músculos doloridos se calentaron y empezaron a cooperar, así que ella disfrutó realmente de esa caminata.

Aun así la alegró ver el todoterreno.

—Mel y Betty van a sorprenderse cuando sepan mi decisión de regresar contigo —dijo Jake cuando estaban saliendo de las montañas.

—Estoy segura de que te echarán de menos.

—¿Quién sabe? A lo mejor los convenzo de que vengan a visitarme.

Cuando llegaron al restaurante, aparcó junto al coche de alquiler de Rebecca. Descargó todo el equipaje, agarró a Rebecca del codo y la escoltó dentro.

Betty los saludó con una gran sonrisa.

71

—Me alegra ver que la tormenta de ayer no os hizo ningún daño. Es muy temprano. Debéis haberos levantado al amanecer.

—Casi —admitió Jake, sentándose en un taburete y haciéndole un gesto a Rebecca para que hiciera lo mismo—. He de pedirte un favor.

Mel salió de la cocina con dos pasteles de canela. Betty sirvió café y puso las tazas delante de ellos.

—Lo que sea, Jake. Ya lo sabes.

Él sonrió.

—No habéis oído el favor.

—No importa —señaló Mel.

—Me estaba preguntando si podría dejar aquí mi todoterreno. Tendríais que conducirlo de vez en cuando para que no se quede sin batería y ese tipo de cosas.

Mel miró a Rebecca.

—¿Vas a algún sitio? —preguntó con tono inocente.

Jake comió pastel y bebió café antes de contestar.

—Vuelvo a Seattle con Rebecca.

—¿Te ha convencido? —preguntó Mel.

—Algo así.

Jake vio al matrimonio mirarse de reojo antes de sonreír los dos a Rebecca, y después mirarlo a él con un brillo malicioso en los ojos.

—¿Hay algún problema? —preguntó al fin cuando nadie parecía decir nada más.

—Ninguno —respondió Mel.

—Bien —Jake miró a Rebecca, que había devorado el pastel—. ¿Estás lista para marcharnos?

—Cuando quieras —dijo limpiándose la boca.

Jake se terminó el café y se levantó.

—Entonces vámonos —entró tras el mostrador y abrazó a Betty—. Cuídate, ¿me oyes? Os llamaré.

Mel puso una mano en su hombro.

—Hazlo.

Una vez en la carretera, hicieron el trayecto a El Paso en buen tiempo. Jake se había ofrecido a conducir, y aprovechó el tiempo para discutir sus ideas sobre la situación de la fábrica. Rebecca ofreció algunas sugerencias, y juntos repasaron los nombres de empleados que podrían ser más aptos para tener la habilidad y los contactos para realizar un plan como el que había explicado Jake.

Cuando subieron al avión hacia Seattle, ya tenían un plan de acción. Se quedaron un rato en silencio antes de que ninguno hablara.

—¿Jake?

—¿Sí?

—¿Has pensado dónde te alojarás mientras estés en Seattle?

Él se frotó la barbilla.

—La verdad es que no. Pero no es importante. Estoy seguro de que podré encontrar algún apartamento amueblado cerca de la fábrica.

—He estado pensando en eso, y quiero que sepas que estás invitado a quedarte en mi casa si quieres —se chupó los labios con nerviosismo y siguió muy deprisa—. Es grande, como sabes. Mi padre y yo teníamos mucho espacio y...

—¿Rebecca?

Ella se calló y lo miró.

—¿Sí?

—No creo que sea buena idea quedarme en tu casa, pero muchas gracias por la invitación.

—¿Por qué no? Tiene sentido si lo piensas. La cocinera estará feliz de dar de comer a alguien más aparte de mí. Sería más cómodo para ti tener criados.

Él se aclaró la garganta.

—Estaba pensando en ti.

—¿Qué pasa conmigo?

—Tu reputación.

Ella lo miró sorprendida.

—¿Por qué te importa lo que piense la gente? Además, no es asunto de nadie.

—No, pero eso no evitará que murmuren. Habrá todo tipo de especulaciones. No sé lo que les dijo Brock sobre mis razones para marcharme.

—Ya te lo he dicho. Mi padre nunca habló de ti después de que te fueras, ni conmigo ni con nadie.

Él suspiró.

—Sólo complicaría las cosas.

—No veo la razón.

—Eres una cabezota.

—¿Y tú no?

Él se echó hacia atrás y cerró los ojos.

—De acuerdo. Me quedaré en tu casa durante un par de días y veré cómo van las cosas. De todos modos, en cuanto empiece a trabajar, posiblemente no haré mucho aparte de dormir allí.

—Es lo menos que podía hacer, dadas las circunstancias —dijo Rebecca mirando su revista—. No te preocupes. Dudo que nuestros caminos se crucen en casa. Yo también estoy bastante ocupada.

«Dios mío», pensó Jake. «No necesito agravar la atracción que siento. Cuanto antes solucione los problemas, antes podré regresar a Texas».

Por alguna razón, la idea no le agradó tanto como había esperado. Lo que sí sentía era la adrenalina correr por su cuerpo mientras preparaba su vuelta al mundo de los negocios.

Rebecca observó a Jake tomar notas de los informes que no dejaba de mirar y sonrió. Jake era más parecido a su padre de lo que él mismo admitiría. Su padre había tenido razón. Jake se crecía con los retos.

Capítulo Cinco

Llegaba tarde. Jake giró entre los dos pilares de piedra y siguió la carretera hasta la casa que Brock Adams había construido.

El día nunca parecía tener suficientes horas, incluso a pesar de que normalmente llegaba a la oficina a las seis de la mañana y nunca se marchaba antes de las nueve de la noche.

Esa noche era diferente. Se le esperaba para que acompañara a la señorita Rebecca Adams a una fiesta elegante relacionada con alguna obra de caridad. Normalmente esos actos no eran sus favoritos. Podía ver a Mel riéndose si lo veía en una de ellas.

Pero a esa fiesta sí le apetecía ir, y apreciaba que Rebecca se lo hubiera dicho la semana anterior.

Troy Wrightman también acudiría, y Jake estaba muy interesado en cruzarse en su camino todo lo posible.

En las seis semanas que llevaba en Seattle, había reducido su lista de posibles sospechosos a cuatro hombres. Troy Wrightman era uno de ellos. Los comentarios y sugerencias de Rebecca le habían sido de gran ayuda.

Tras seis semanas seguía en su casa. Desde su llegada a Seattle no había parecido tener tiempo para buscar otro lugar donde vivir. Ella también había tenido razón en eso. La casa era tan grande que podían pasar días sin que se vieran si querían. De hecho, tenían que citarse para verse después de cenar.

La mayoría del tiempo la cocinera dejaba la cena de Jake en el frigorífico. Cuando él llegaba a casa la metía en el microondas y luego se acostaba.

Esa noche cenarían en la fiesta.

Aparcó el coche, uno de los de Brock, y subió los escalones de dos en dos hasta la puerta. Rebecca le había dado una llave. Abrió y cruzó el vestíbulo hasta la escalera que llevaba a la segunda planta.

La casa era una mansión, y tan impersonal como un hotel. Rebecca y él no vivían en el mismo ala.

Lo que le beneficiaba.

Debido a sus razones para estar allí, frecuentemente pasaban tiempo juntos en la oficina, pero rara vez estaban solos. En esos momentos, sólo se hablaba de negocios.

Su respeto por la inteligencia y perspicacia para los negocios de Rebecca continuaba creciendo. Por desgracia, sus respuestas físicas también seguían aumentando. Había dejado de importar que ella estuviera o no en su presencia. Rebecca lo obsesionaba y llenaba sus pensamientos a pesar de su necesidad de concentración.

Jake abrió la puerta de su dormitorio y se desnudó de camino a la cama. Alguien había dejado encima su esmoquin planchado, la camisa, la corbata, los calcetines y los zapatos. Eso le ahorraría mucho tiempo.

Terminó de desnudarse al entrar en el baño y se metió en la ducha. Se duchó y se secó en poco tiempo y luego se afeitó.

Acababa de ponerse los pantalones junto a la cama cuando alguien llamó a la puerta. Se subió la cremallera, se sentó en el borde de la cama y tomó sus calcetines.

—Adelante.

La puerta se abrió y Rebecca asomó la cabeza.

—¿Estás visible?

—Ya es un poco tarde para preguntarlo, ¿no crees? Pensé que eras Charles.

Ella entró, y Jake vio que estaba lista. Llevaba un vestido de satén color marfil sin mangas y ceñido al cuerpo. Joyas brillantes rodeaban su cuello y muñeca. Y también brillaban entre los rizos oscuros, que llevaba recogidos en un moño alto.

Jake continuó poniéndose los calcetines, decidido a no mirarla de nuevo si podía evitarlo. ¿Por qué tenía que estar tan bella? Con sólo un vistazo supo que esa noche tendría problemas manteniendo su mente en su objetivo.

Rebecca se acercó a la cama cuando él se levantó y tomó la camisa.

—¿Eres tú responsable de asegurarte de que todo esto estuviera preparado?

—Se lo mencioné a Charles. Ese hombre no tiene precio, ¿verdad?

—Supongo. La verdad es que hacen falta criados en una casa así.

Rebecca le apartó la mano cuando iba a ponerse el gemelo en la camisa y lo abrochó con rapidez. Jake extendió el otro brazo sin hablar, y ella también lo abrochó.

—¿Te gustaría también abrocharme la camisa?

Rebecca retrocedió un paso.

—Perdona. Sólo intentaba ayudar.

Él le dio la espalda, se metió la camisa en el pantalón y se puso los zapatos.

—Toma —dijo dándole a Rebecca la corbata—. Podrías terminar de vestirme. Espero que seas mejor en esas cosas que yo.

Ella tomó la corbata y le rodeó el cuello. Jake podía oler su aroma familiar emanando de sus hombros desnudos, y se obligó a pensar en otras cosas.

—Me alegra que estés conmigo esta noche. Es la primera reunión social a la que iré sin mi padre. Estaba atemorizada por tener que ir sola.

—Aunque odie admitirlo, me vendrá bien un descanso de la oficina.

Ella sonrió, hizo el nudo en la corbata y se apartó para mirarla.

—Aprecio mucho lo que has hecho por mí, Becca.

—Me gusta tenerte aquí.

Alcanzó su americana y la sujetó. Él metió los brazos en las mangas y se la colocó.

Rebecca dio media vuelta y se dirigió hacia la puerta.

—Tenemos menos de quince minutos para llegar antes de que empiecen a servir la cena.

—¿No te vas a echar nada por los hombros? —preguntó Jake bajando con ella las escaleras.

Ella señaló una de las sillas del vestíbulo donde había una estola. Jake la tomó y con cuidado se la puso por los hombros. Entonces vio sus ojos vulnerables. Rebecca había mantenido un comportamiento tan profesional con él en el trabajo que Jake a veces olvidaba lo difíciles que debieron ser para ella los meses anteriores.

Se inclinó y le rozó los labios con los suyos.

—Todo va a salir bien, Becca. Estaré contigo mientras me necesites.

Ella se puso colorada. Jake la agarró del brazo, la acompañó al coche y la ayudó a entrar antes de ponerse él al volante.

—Se te ve muy distinguido con esa ropa, Jake.

Jake la miró de reojo.

—Gracias.

—¿No tenías que asistir a este tipo de actos cuando trabajabas con mi padre?

—Sí.

—¿Y tampoco te gustaban?

—No.

Ella se rió. Jake la miró. Parecía relajada. También se dio cuenta de que físicamente encajaba con su idea de mujer bella, presumida y boba dispuesta a deslumbrar a todo el mundo. Pero él la conocía mejor, sabía lo mucho que trabajaba, conocía los problemas con que se enfrentaba, incluyendo el dolor que sentía al haber perdido a su padre.

Jake le sujetó la mano y le dio un apretón. Ella lo miró sorprendida.

—Ninguno de nosotros somos en realidad como los papeles que estamos representando esta noche, ¿verdad?

—No estoy segura de entenderte.

—Tú no eres la niña rica sin cabeza a quienes le gustan las fiestas, y yo no soy un dandy, a pesar de los pliegues de esta maldita camisa.

Ella se rió.

—Gracias... creo. ¿Es eso lo que parezco? ¿Una mujer sin cerebro?

Él suspiró.

—Estás preciosa y lo sabes. Como si pasaras todos los días de compras y puliendo tu imagen.

Ella lo estudió durante un rato.

—Y tú parece que seas modelo de una revista de moda.

—¡Al diablo!

Vio que Rebecca estaba esforzándose por no reír. Él sonrió de mala gana y le soltó la mano.

—Una cosa es segura. Sabes enfrentarte a cualquier situación.

—Muchas gracias, Eso sí que es un cumplido.

Varias horas después de cenar, el baile estaba en pleno apogeo, y Jake salió a la terraza a que le diera el aire, El frío de la noche hacía que casi todo el mundo estuviera fuera, pero se habían mantenido abiertas las puertas de salida a la enorme terraza.

Se apoyó contra la pared y respiró profundamente, feliz de darse un respiro. Para él la velada había sido un éxito. Troy Wrightman había parecido desconcertado cuando lo había visto entrar con Rebecca.

Nadie en el trabajo sabía que Jake estaba viviendo con ella. Debía haber sido un golpe para Troy pensar que él y Rebecca estuvieran viéndose a un nivel social. Si él era la persona que Jake estaba buscando, tenía sentido que no quisiera que él se tomara demasiado interés en los asuntos de Rebecca.

Dos mujeres salieron por otra puerta y se acercaron a la balaustrada. Esperando que no se quedaran mucho, Jake se quedó en la zona en sombras de la pared del edificio y esperó a que el frío las obligara a entrar.

Parecían estar cotilleando.

—¿Te fijaste en su expresión cuando estaban bailando? —dijo una—. Parecía una gatita hambrienta.

—Y el modo en que lo sigue con la mirada cuando cree que él no la mira —dijo la otra—. Da risa. Es obvio que espera comprarlo con el dinero de su padre.

—Es triste, ¿verdad? Lo mucho que Rebecca ha intentado durante todos estos años llamar la atención de un hombre.

Jake se tensó cuando oyó el nombre. Seguro que no estaban hablando de Rebecca Adams.

—Lo sé —replicó la otra—. Siempre se colgaba del brazo de Brock como una lapa. ¡Ni siquiera su padre le prestaba atención!

¡Maldición! Rebecca era el tema de sus malvados cotilleos, y él no podía hacer nada al respecto. Si hubieran sido hombres, habría interrumpido su ataque, pero arremeter contra dos «señoras» no sería lo más propio. Y además, estaba obligado a escucharlas, a menos que delatara su presencia.

—Bueno, debes admitir que tiene un gusto excelente en cuanto a hombres. ¿Viste los hombros que tenía?

¡Oh, fabuloso! Jake apoyó la cabeza contra la pared y cerró los ojos resignado. ¿No era suficiente que estuviera forzado a escuchar los comentarios sobre Rebecca sin tener que oír también hablar de él?

—¿Y viste el modo en que ella bailaba con él? Ha sido un milagro que el pobre pudiera respirar del modo en que se apretaba contra él.

—¿Te has enterado de su nombre?

—No, pero no puede ser de por aquí o lo hubiera reconocido.

—A lo mejor trabaja para la empresa de su padre.

—Bueno, sea quien sea, no es de nuestro grupo, o lo habría visto en el club, jugando al tenis o al golf o en la piscina. ¡Con un cuerpo así me encantaría verlo desnudo!

—¡Oh, Amanda! —se rió la otra—. ¡Eres increíble!

—Volvamos dentro. Hace más frío aquí de lo que pensé.

Jake las vio entrar, aún susurrando y soltando risitas. Le recordaban al tipo de mujeres mimadas y consentidas que había conocido en la universidad.

Él había sido objeto de sus deseos y sabía por dolorosas experiencias lo que era verse atrapado en sus juegos.

Se sintió avergonzado de haber pensado que Rebecca era como ellas. Todos los años que había trabajado con Brock, cuando había rechazado invitaciones a cenar a su casa, cuando se había distanciado de su hija todo lo posible, había pensado que era una mocosa superficial e inmadura. Era tan culpable como esas dos mujeres por no haber visto a Rebecca tal y como era.

Pasados unos minutos, volvió a entrar en el salón de baile y buscó a Rebecca. La vio al otro extremo, dándole la espalda. Reconoció su postura erguida, el modo en que inclinaba la cabeza, el brillo de las joyas en su pelo. Estaba hablando con dos...

¡Santo Dios! Estaba hablando animadamente con las dos mujeres que habían salido a la terraza. Las dos eran excesivamente dulces con ella, como si fuera una amiga querida, cuando momentos antes habían hecho comentarios crueles sobre ella. ¿Cómo podían pensar que Rebecca no podía atraer a cualquier hombre que quisiera? ¡Tenía más clase en una uña que esas dos juntas en todo su cuerpo!

Como ella daba la espalda a la puerta de la terraza y a él, las dos mujeres lo vieron acercarse antes de que Rebecca supiera que estaba detrás de él. Él vio que una dio un codazo a la otra y las dos sonrieron maliciosas. ¿Qué esperaban, más material de cotilleo?

¡Pues él se lo daría!

Cuando llegó hasta Rebecca, la rodeó con los brazos fuertemente de la cintura, y la echó contra su pecho. Ella se sobresaltó, pero él la controló sujetándola, entonces le apartó la cabeza besándola en el cuello.

—Sígueme el juego —murmuró.

La sintió relajarse, pero su respiración no era regular.

—Oh, hola, Jake —dijo un poco temblorosa—. Estábamos hablando de ti.

—¿Sí? —murmuró contra su cuello.

—Sí. Amanda y Millicent me estaban diciendo que no les has sido presentado.

Despacio, él levantó la cabeza. Miró a las dos mujeres, que sonreían ridículas.

—Jake, te presento a Millicent Trusdale y a Amanda Wrightman. Éste es Jake Taggart, el presidente de industrias CPI.

—¿Wrightman? —repitió él despacio—. ¿Alguna relación con Troy Wrightman?

Amanda asintió entusiasmada.

—Es mi padre. No tenía idea de que papá y tú trabajabais juntos. No puedo entender por qué no nos hemos conocido antes.

—No salgo mucho —dijo sin soltar a Rebecca—. Cuando no estoy trabajando, me gusta pasar todo el tiempo libre con Rebecca. ¿Verdad, cariño?

Ella dio un respingo.

Tenerla abrazada contra él también estaba causando una reacción en su cuerpo que no podía controlar. Se movió ligeramente, de forma que sólo la rodeaba con un brazo, y la mantuvo pegada a su costado.

—Bueno, Rebecca —chilló Millicent—. ¿Cómo has podido guardarte a este hombre maravilloso para ti sola? ¿Cuánto tiempo lleváis con esto?

Antes de que pudiera responder, Jake habló.

—Oh, yo entré en la empresa hace casi seis años —miró a Rebecca con pasión—. Desde la primera vez que puse los ojos en Rebecca, hice saber a todo el mundo que era material privado.

Las tres mujeres lo miraron con diversos grados de sorpresa. Rebecca se quedó con la boca abierta. Temiendo que las otras dos mujeres vieran su perplejidad, Jake rápidamente se inclinó y la besó... y al momento olvidó el propósito del beso cuando sus labios se besaron.

Su boca era suave, húmeda y estaba ligeramente abierta, una invitación que no podía resistir. Girándola más hacia él, metió la lengua entre sus labios.

Forzándose a recordar su público, de mala gana la separó sólo un poco.

—¿Estás lista para irnos ya, amor mío? —susurró—. Estoy cansado de compartirte con todas estas personas.

Rebecca sólo pudo asentir con la cabeza, con los ojos como platos.

Él se volvió a las otras dos que estaban de pie con las bocas abiertas.

—Ha sido un placer conocerlas, señoras. Espero que nos disculpen. Algunas veces es difícil recordar ser un caballero. Hay veces en que tengo la terrible necesidad de echármela al hombro y llevármela a la cueva más cercana.

Hizo un gesto con la cabeza, aún rodeando a Rebecca de la cintura y se la llevó al vestíbulo, donde recogió su estola y se marcharon al coche.

—¿Por qué has hecho todo eso? —preguntó ella al fin con voz débil, cuando estuvieron dentro del coche.

—¿Conoces mucho a esas dos?

—¿A Amanda y Millicent?

Él asintió.

—Supongo que de siempre. Fuimos al colegio juntas, aunque yo me fui al este a la universidad y ellas se quedaron aquí. Somos amigas desde hace años.

Él se inclinó hacia ella y le pasó un brazo por los hombros.

—Entonces te sugiero que encuentres amigas de mejor calidad.

Y su beso inmediatamente retomó el anterior.

Esa vez, exploró con lentitud el delicioso sabor y contorno de sus labios, dientes y boca, mordisqueando su labio inferior y chupándolo. Le puso la mano en la nuca, perdiéndose en el momento.

Al final tuvo que detenerse para tomar aire. De mala gana, levantó la cabeza y se quedó mirando a la mujer que estaba en sus brazos.

Ella estaba luchando por respirar, como él. Jake disfrutó observando sus deliciosos pechos subir y bajar con rapidez.

—¿Cuánto... has bebido hoy? —consiguió preguntarle.

—No más que tú. Tú has estado conmigo todo el tiempo.

—Sólo tomamos vino en la cena. Los dos cambiamos a tónica cuando empezó el baile.

—Exacto.

—Pero entonces... ¿por qué estabas tan... ?

—¿Amoroso?

—¿Es así como has estado?

—¿No te has dado cuenta? —preguntó ligeramente dolido.

Ella lo miró un rato.

—Nunca te he visto comportarte así antes.

Él se sentó en su asiento y arrancó.

—Odió a las mujeres maliciosas —dijo empezando a dirigirse hacia su casa.

—¿Estás hablando de Amanda y Millicent?

—Entre otras. No entiendo que las mujeres tengan que hablar las unas de las otras de forma despreciativa.

—¡No estaban diciendo nada de eso! Sólo estaban preguntando cosas agradables de ti cuando apareciste.

—Y entonces decidí convertirme en el hombre misterioso de tu vida. ¿Te importa?

Ella lo miró con desconfianza.

—¿Por qué iba a necesitar un hombre misterioso en mi vida?

—¿Para algo de romance y aventura?

—¿Estás drogado?

—Rebecca... ¡Estoy intentando ser romántico y me acusas de eso!

—De acuerdo, Jake. De acuerdo. No hay razón para que te pongas nervioso.

—Y no tienes que usar ese tono tranquilizador como si acabara de escapar de un manicomio.

Ella se calló.

—De acuerdo —dijo Jake pasado un rato—. A lo mejor actué un poco extraño.

—¿Un poco?

—Actué por impulso, ¿vale?

Ella se aclaró la garganta.

—¿Sientes esos impulsos a menudo?

—Obviamente no lo suficiente. Pero si te ofendí, lo siento.

—Oh, no me ofendiste. Bueno, no exactamente. Creo que sorprendida es un término más apropiado. O a lo mejor, pasmada, asombrada...

—Ya te entiendo, Becca. Aunque no veo por qué ha tenido que ser una sorpresa tan grande. Después de todo, tú eres una mujer atractiva y yo soy un hombre normal...

—¿Lo soy? ¿Me encuentras atractiva?

Él entró en la casa y se dirigió al garaje sin responder. Sólo entonces se dio cuenta de la trampa que él mismo se había tendido.

La ayudó a salir y caminaron hacia la casa, entraron y se pararon en la escalera.

Tomó su cara entre las manos y la miró. Había demasiada inocencia en ese rostro. Demasiada confianza. ¿Cómo se atrevían esas mujeres a hacer comentarios bajos sobre su falta de vida social? No era por no ser atractiva, sino porque había estado esforzándose mucho en demostrarle algo a su padre.

No era extraño que Brock hubiera esperado que él hubiera mostrado algún interés en su hija.

Estaría mucho mejor con él que con un aprovechado que...

¡Un momento! ¿En qué estaba pensando? Él no tenía intención de tener una relación con nadie, ni siquiera con Rebecca. Con ella menos que con nadie.

Lo habían contratado para hacer un trabajo, y después volvería a las montañas, donde pertenecía. Lo que Rebecca eligiera hacer con su vida era asunto suyo. Lo que la gente dijera de ella no tenía nada que ver con él.

A lo mejor el vino de la cena era más fuerte de lo que él había pensado.

—¿Jake? ¿Qué pasa? ¿Por qué me estás mirando así?

—¿Cómo? —murmuró acariciando su mejilla con un dedo.

—No lo sé. Como si no pudieras decidir si quieres o no besarme de nuevo.

—Oh, no hay duda de que sí quiero. El problema es si me atrevo.

Ella sonrió con ojos brillantes.

—Nunca te he visto así antes.

—Eso no es extraño. Nunca me he sentido así antes.

Rebecca se puso de puntillas y lo besó, subiendo las manos despacio por su pecho hasta su pelo.

—Echo de menos tu pelo largo —dijo al apartarse—. Creo que así eras el auténtico Jake... el hombre que conocí en las montañas.

—No muy civilizado, me temo, a pesar del traje.

Se miró la ropa, pero no podía alejarse de ella. Sus manos seguían sujetando su cara, y sus dedos jugaban con sus orejas, con un rizo, acariciando una ceja...

—¿Ocurre algo? —preguntó ella finalmente.

Él se forzó a soltarla y retroceder un paso.

—Nada grave. Posiblemente he trabajado demasiado. A lo mejor me tomaré un par de días libres.

Ella asintió.

—Buena idea. Realmente te los has ganado.

Jake empezó a subir las escaleras.

—Bueno, supongo que los debemos irnos a la cama... me refiero a dormir. Buenas noches.

Esperó hasta que llegó arriba.

—¿Jake?

Él miró hacia abajo, donde ella estaba de pie bajo la enorme araña, y la luz reflejaba las joyas. Desde allí parecía una princesa de un cuento de hadas.

—¿Sí, Becca?

—¿Crees que has averiguado algo viniendo conmigo esta noche?

—Oh, sí...

Más de lo quería saber.

—... Hablaremos de ello el lunes. Buenas noches de nuevo, Becca.

Una de las cosas más duras que había hecho en mucho tiempo había sido darse la vuelta y alejarse de la mujer que lo miraba con tanta confianza.

Las luces del centro de Seattle decoraban el horizonte fuera de la ventana de su despacho cuando Jake finalmente se levantó de su sillón, estirándose para calmar la tensión de su espalda.

A pesar de lo cerca que estaba la primavera, seguía oscureciendo antes de que terminara la jornada laboral.

Miró su reloj. Llevaba allí catorce horas. Suficiente para cualquiera. Sería agradable volver a casa, que se había convertido para él en un refugio en muchos aspectos. Había algo a favor de una vida casera que funcionaba a la perfección, donde lo esperaba la comida, la ropa siempre estaba limpia, planchada y guardada, y vivía una mujer maravillosa.

En las semanas que habían pasado desde que había ido con Rebecca al baile, había tenido mucho tiempo para pensar en lo que le había pasado. Y no le gustaba nada.

Jake siempre había sabido cómo quería llevar su vida. Había aprendido a no permitir que nadie traspasara sus defensas. Mel y Betty siempre habían sido parte de su vida, pero incluso ellos respetaban los límites que él había establecido a su alrededor. Al menos la mayoría del tiempo.

Y en ese momento se sentía traicionado por sus sentimientos hacia alguien.

¿No se reiría el viejo Brock si supiera que estaba colado por su hija?

Había cierta ironía en eso. Unos años antes, habría funcionado bien. Él había pretendido dirigir la empresa de forma permanente. Por tanto, ¿qué habría sido más conveniente que enamorarse de la hija del jefe?

Sólo que en ese momento ella era la jefa, y él no tenía intención de ser parte de la empresa durante mucho tiempo más.

En pocas semanas, si todo iba como lo había planeado, tendría suficientes pruebas para poder descubrir a Troy Wrightman, hacer que lo arrestaran y devolverle a Rebecca la compañía.

Y luego volvería a Texas.

Aunque sabía que los meses anteriores lo habían cambiado y que nada sería lo mismo para él. Pero no tenía la intención de decirle a ella lo que sentía. Su intención era retirarse de nuevo a las montañas, donde estaba a salvo del dolor de los lazos emocionales.

Si no hubiera estado tan furioso por los comentarios hechos por aquellas mujeres estúpidas, no estaría en ese aprieto. En su esfuerzo por proteger a Rebecca, se había arrojado a una situación que le había reventado en la cara.

La había besado, y la había abrazado, y había descubierto a la mujer que podría hacerle daño por lo que sentía por ella. Nunca se había sentido tan vulnerable. No desde que era niño. Y odiaba la sensación.

Desde aquella noche, había evitado estar a solas con ella, lo que no era difícil. De todos modos apenas se verían fuera del trabajo.

Había pasado el fin de semana después del baile en los barcos que recorrían las islas San Juan. Y desde entonces, había establecido una rutina de trabajar durante horas, regresando a casa tarde y bañándose en la piscina climatizada hasta que estaba agotado y podía dormir profundamente. La mayoría de las noches había soñado agitado hasta que era la hora de levantarse y volver al trabajo.

Unas pocas semanas más y podría marcharse. Estaba decidido a pasarlas sin que nadie supiera, y menos Rebecca, lo mucho que se había enamorado de ella.

Rebecca tenía un vicio secreto. Uno que nunca había compartido con nadie. Por supuesto, sus padres sabían que le gustaba pintar. Después de todo, habían pagado sus clases de arte. Pero también le habían pagado clases de tenis, baile, música, ballet y de montar a caballo.

Lo que Rebecca nunca había compartido con nadie era lo que la cautivaba, lo que calmaba su espíritu y su alma. Lo que la absorbía cuando no estaba trabajando, comiendo o durmiendo era pintar fantasías submarinas. Tenía más de veinte lienzos grandes, guardados bajo llave, mostrando todo un mundo maravilloso que existía en su mente creativa.

De lo que se dio cuenta alarmada una tarde mientras limpiaba sus pinceles, era que durante las semanas anteriores, los tritones que estaba añadiendo a su grupo de sirenas, caballos de mar tirando de una concha gigante, castillos de colores y cristales iridiscentes, se parecían a Jake Taggart.

Se quedó mirando fijamente su último lienzo. No había error en esos ojos, ni en los hombros anchos o el pecho musculoso. Ella sólo había visto a Jake sin camisa una o dos veces, pero obviamente eso había sido suficiente para estimular su subconsciente.

Desde la noche del baile en que Jake se había comportado de forma tan poco propia en él, la había estado obsesionando en sus pensamientos, día y noche.

Nunca había podido entender su extraño comportamiento. Cuando habían regresado a trabajar al lunes siguiente, él se había acostumbrado con seriedad, como el ejecutivo profesional de siempre. Ni por una mirada o gesto parecía recordar lo que había pasado entre ellos.

¿Pero qué había pasado realmente? Jake la había besado, eso era todo. Ella había sido la única que había sentido todas esas cosas legendarias que se suponían sucedían cuando el príncipe azul finalmente aparecía en escena. Como una adolescente, había sucumbido a sus encantos.

Se sentía como la Bella Durmiente, dormida hasta que su príncipe llegó. ¡Oh, y cómo la había despertado! Apenas podía comportarse en el trabajo. En cuanto llegaba a su dormitorio el corazón empezaba a latirle acelerado.

Cuando Jake hablaba, ella le miraba la boca, recordando su sensación sobre sus labios, besándola, mordisqueándola, tomándola. Se sentía como si él la hubiera reclamado. ¿No había mencionado algo de llevársela a su cueva? Sí, así se sentía.

Y entonces, Jake se había apartado de ella. Desde entonces había actuado como si nada de eso hubiera sucedido entre ellos.

Y ella estaba pintándolo en sus fantasías, haciéndole parte de su vida del único modo que sabía, mientras él estaría posiblemente contando los días que faltaban para volver a Texas.

Eso la deprimía.

Estudió con cuidado su trabajo. No era extraño que no quisiera que nadie supiera lo de sus pinturas. Revelaban demasiado de ella.

Sus pinturas reflejaban su anhelo interno de un mundo mágico y brillante lleno de amables duendes. Su naturaleza romántica estaba fuertemente unida a sus pinturas, que sólo dejaba fluir cuando estaba segura de su intimidad.

Y en ese momento estaba contemplando los resultados de su salvaje imaginación romántica. Se habría reído si no estuviera tan consternada. ¿Jake Taggart? ¿El lobo solitario del oeste de Texas? ¿El hombre misterioso?

No. Absolutamente no. No estaba preparada para eso. Nunca lo estaría con alguien como Jake. Oh, quería casarse algún día. Quería un marido, una familia. Pero tenía ideas muy claras sobre el tipo de hombre que sabía la haría feliz.

Jake Taggart no encajaba en ninguna de ellas.

Lo único que Jake le hacía era erizarle la piel y acelerarle el corazón.

Y no pensaba hacer nada al respecto.

¿Verdad?

¿Estaría muy mal explorar todos esos sentimientos que él había despertado en ella? ¿Sólo porque Jake no fuera apto para marido, no significaba que no pudiera divertirse con él, verdad?

Había estado muy ocupada los años anteriores, estudiando y trabajando para demostrarle a su padre que podía hacer el trabajo para el que había sido contratada, que había permitido que su vida social entrara en un estado de coma.

La mayor parte de sus amigos de colegio estaban casados. Y otros ya tenían hijos.

Ella, por otro lado, no podía recordar la última vez que había tenido una cita. Su padre había sido su acompañante en los compromisos sociales, igual que ella había sido la anfitriona en su casa siempre que él lo había necesitado. Desde su muerte, no había tenido energía ni ganas de aceptar ninguna de las invitaciones a las diversas organizaciones que ellos habían apoyado en el paso. En lugar de eso había enviado un cheque y una nota disculpándose.

Hasta la noche del baile de caridad.

Miró su reloj y se preguntó si Jake habría llegado a casa. Eran más de las once. Seguro que ya habría llegado. Ella había cenado temprano esa noche y se había retirado al estudio junto a su dormitorio a pintar. Si Jake estaba en casa si aún no se había acostado, ¿dónde podría encontrarlo?

Una o dos veces lo había visto en el salón de juegos jugando al billar. Y por supuesto, otra noche lo había visto en la piscina.

Sonrió. La piscina. Incluso aunque Jake no estuviera allí, ella disfrutaría dando unas cuantas brazadas para relajar el cuello y los hombros después de las horas que había pasado delante del caballete.

Buscando, encontró el bikini que se había comprado en Francia la última vez que había ido con su padre. Nunca se lo había enseñado a su padre. Para ser sincera nunca se lo había puesto, pero le gustaba la idea de tener algo tan poco práctico y nada propio de su imagen de ejecutiva.

La parte de abajo dejaba muy poco a la imaginación, y la parte de arriba apenas cubría los pezones. Se puso de pie delante del espejo del baño y examinó su cuerpo. Todas las ensaladas que había cenado la mayor parte de los días habían surtido efecto. No sobresalía nada. No podía hacer nada respecto a sus pechos pequeños o piernas muy delgadas, pero en conjunto no resultaba mal.

¿Pero podría ir a ver a Jake a la piscina llevando algo así?

Sonrió con picardía frente al espejo.

Se puso su albornoz, un par de sandalias y bajó.

La casa estaba tranquila y oscura. Sólo se dejaba encendido el vestíbulo toda la noche, dando así luz necesaria a las escaleras.

Fue a la parte trasera de la casa y entró en el anexo de paredes de cristal que su padre había construido para hacer dentro la piscina.

El agua estaba tan quieta que parecía como cristal plateado bajo la luna. No había nadie. Sintió cierta decepción. ¿Pero qué había esperado? ¿Quizá tantas horas pintando mundos submarinos le habían atrofiado el cerebro y estaba intentando vivir una de sus fantasías?

Con una risita se quitó el albornoz y entró en el agua, bajando los escalones hasta que le cubrió para nadar.

El agua era como seda cálida, envolviéndose sinuosamente alrededor de su cuerpo, y Rebecca suspiró, contenta de haber pensado en ese modo relajante de terminar el día. No aprovechaba lo suficiente la comodidad de tener una piscina en casa. Era demasiado fácil caer en la rutina y olvidarse de los placeres que ofrecía la vida.

Se puso de espaldas y cerró los ojos, dejándose mecer por la caricia resbaladiza del líquido.

Jake estaba sentado en el jacuzzi en un extremo del recinto preguntándose cómo diablos se había metido en esa situación.

En todas las semanas que llevaba allí, sólo había visto a Rebecca una vez en la piscina, y había sido por la tarde. Ella nunca había bajado tan tarde de noche... razón por la cuál estaba sentado en el jacuzzi sin bañador.

En lugar de ir primero a su habitación, había entrado directamente del trabajo, se había desnudado y se había metido en el jacuzzi para relajar sus músculos cansados. Ni siquiera se había molestado en mirar antes en la cocina para ver qué le habían dejado de comer.

¿Qué iba a hacer?

El jacuzzi estaba en las sombras en un extremo. Había una posibilidad de que ella no lo viera si se quedaba muy quieto. Por otro lado, ¿qué podría decir si ella descubría su presencia y le preguntaba por qué no había dicho nada al verla llegar?

Buena pregunta.

El problema era que no la había visto entrar. Había estado descansando la cabeza en el borde de la bañera con los ojos cerrados cuando había sentido que no estaba solo. No la había oído, lo que no era sorprendente dado el suave zumbido de las burbujas de agua.

Había abierto los ojos a tiempo para verla quitarse un albornoz y observar que no llevaba mucha ropa más que él. Sólo había visto su espalda hasta que se metió en el agua. Entonces, desde su ángulo, su bikini no parecía ser más que un par de correas de zapatos.

La vio nadar de un lado a otro antes de ponerse de espaldas. Incluso con la luz de la luna vio que el bikini que llevaba no había sido diseñado para ocultar nada.

Cerró los ojos y se maldijo por su estupidez. Había sido un error acostumbrarse a tener la casa para él solo cuando llegaba tan tarde.

Nada le había preparado para enfrentarse a una situación así.

A lo mejor ella se iba pronto. A lo mejor, si esperaba un poco, podría... podría...

Su estornudo inesperado terminó con su necesidad de encontrar el mejor modo de resolver el dilema.

Capítulo Seis

Jake gruñó cuando oyó el repentino chapoteo en el agua que demostró que Rebecca sabía que no estaba sola.

—¿Jake? —preguntó asustada.

—Sí, soy yo. Perdona, no quería asustarte.

Ella nadó hacia los escalones, salió del agua, y caminó hacia él. Jake veía su cuerpo aparecer y desaparecer con los juegos de luces creados por la luna, notando que ella obviamente no se había vestido para un público.

—No sabía que estuvieras aquí —dijo indiferente, acercándose y metiendo los dedos en agua—. Qué agradable. ¿Te importa si me meto?

—Claro que no. Pero debo decirte que no llevo bañador. No esperaba ver aquí a nadie a estas horas de la noche.

Mientras hablaba la vio meterse frente a él, ignorando sus palabras y soltando un suspiro de placer.

—¡Hmm! Entiendo por qué te has metido aquí directamente después de un largo día de trabajo. ¿No se está de maravilla?

Como él no contestó, ella siguió un poco insegura.

—Espero que unirme a ti no te haya avergonzado.

Él se encogió de hombros.

—Estaba pensando lo mismo de ti. Bueno, somos adultos. No es que no hayamos visto cuerpos desnudos antes.

Ella sonrió, con una mirada maliciosa totalmente desconocida para él, que encontró adorable.

—Me temo que me atribuyes más sofisticación de la que merezco —le confió alegremente—. Exceptuando fotografías, estatuas y otras obras de arte, nunca he visto a un hombre desnudo antes. ¿Te ofreces para ayudarme en mi educación?

Jake casi se ahogó.

—¡Claro que no!... Pero me estás tomando el pelo, ¿verdad?

—No.

¿Y por qué la idea de su virginidad parecía provocarle convulsiones por todo el cuerpo?

—¿Por qué no? —le preguntó sin poder evitarlo.

—¿Por qué no, qué?

Él se aclaró la garganta.

—¿Por qué no has visto antes a un hombre desnudo?

Ella se encogió de hombros.

—Supongo que nunca he estado tan interesada... o a lo mejor es porque he estado demasiado ocupada persiguiendo mis objetivos —suspiró—. Con el ajetreo que he llevado durante toda mi vida, no me ha quedado demasiado tiempo libre.

El pie de Rebecca rozó accidentalmente su tobillo. Pero en lugar de apartarlo, empezó a subir despacio hasta la rodilla.

Un alambre electrificado no podría haber sacudido más a Jake. ¿Qué estaba haciendo? Cambió de postura para que ella tuviera más espacio.

Sus comentarios sobre una falta de vida social le recordaron por desgracia la conversación que había oído la noche del baile entre las dos mujeres. Esa noche había sido un idiota, cometiendo el error de creer que ella necesitaba protección de las opiniones de otras personas.

¿Por qué no se había ocupado de sus propios asuntos? Siempre se le había dado bien eso.

—¿Jake? —preguntó Rebecca voz suave y soñadora.

—¿Sí?

—¿Te arrepientes de haber vuelto a la empresa?

—No.

—Me alegro. No me gustaría que fueras desgraciado.

—Estoy bien.

—No parece que tengas ningún amigo en Seattle. ¿No los echas de menos?

Jake no respondió al instante.

—Nunca he tenido un amigo —murmuró al fin.

—¿Nunca? —preguntó Rebecca, pensando que había oído mal.

—No.

—¿Ni siquiera un amigo de colegio?

—Menos. Estaba demasiado ocupado trabajando. No quería que Mel y Betty usaran su pensión para pagar mi colegio. Además, siempre he sido un solitario.

Ella se rió. No pudo evitarlo.

—¿En serio? Nunca lo habría adivinado.

—Nunca se me han dado bien las situaciones sociales.

—Ahí sí que me has engañado. Recuerdo verte a ti y a mi padre en algunos de los actos a los que fui. Erais un par de profesionales.

—Eso era diferente. Yo sabía lo que se esperaba de mí en una situación de negocios. Sabía qué decir. Pero no entiendo la amistad.

Pensó de nuevo en Amanda y Millicent. Si sus ejemplos de amigas eran típicos, sabía que no quería nada así.

Rebecca subió las rodillas hasta el pecho y se agarró las piernas con los brazos.

—A mí me gustaría ser tu amiga —dijo suavemente—. Pero tendrás que ayudarme.

—¿De qué modo?

—Hablándome.

Él frunció el ceño.

—Pensé que eso era lo que estábamos haciendo.

Ella apoyó la barbilla en las rodillas.

—Sí, es cierto. Y es un comienzo. Los amigos comparten algo de sí mismos con la otra persona. Algo especial. Es como un regalo que ofreces. Y se espera que la otra persona comparta algo a cambio.

—¿Hablas en serio?

—Completamente. Invitarme a ver tu casa en las montañas pudo ser considerado como una

104

propuesta de amistad. Enseñarme tu valle y la vida salvaje... todo eso me permitió verte por dentro, quién eres realmente. Como resultado de ese viaje, yo te ofrecí mi casa... otra proposición de amistad.

—Creo recordar que sólo querías que volviera a Seattle.

—Cierto. Quería que el hombre que mi padre había preparado aplicara sus experiencias y conocimientos para salvar la empresa. Pero fue el hombre que vivía solo en una montaña el que me había intrigado y me hizo querer saber más cosas de él.

—¿Por qué?

—No lo sé. Supongo que son los dos aspectos diferentes que hay en ti lo que encuentro tan peculiar. En el mundo laboral emanas seguridad y un refinamiento urbano que sugiere una infancia privilegiada. Pero por lo que me has contado, has pasado casi toda tu vida en el campo, aprendiendo a sobrevivir al nivel más primitivo.

—¿Y eso es peculiar?

—Mucho.

Sin previo aviso, Jake la agarró de una muñeca y tiró de ella.

—He decidido que me gustaría ser tu amigo —dijo con una sonrisa.

La puso de modo que estaba echada sobre sus muslos, con las manos apoyadas contra su pecho.

El inesperado movimiento la pilló desprevenida y la dejó sin aliento. Con una risita nerviosa intentó sentarse apoyando las palmas contra su pecho. Sus dedos acariciaron la superficie suave y musculosa, y sabía que estaba sentada sobre muslos desnudos.

Él se enderezó ligeramente y le dio un beso en la mejilla, otro en la punta de la nariz y un tercero en la boca medio abierta.

Con un suave gemido, Rebecca levantó los brazos y le rodeó el cuello, apoyándose contra él y profundizando el beso.

Jake se dio cuenta rápidamente de que había cometido un error. En su esfuerzo impulsivo de distraerla del tema de conversación sobre él mismo, había olvidado momentáneamente que la situación estaba llena de complicaciones, y la peor era que estaban solos, sin ropa, y en ese momento, Rebecca estaba comportándose sin inhibiciones, lo que no estaba ayudando nada para que se controlara.

¿Pero no habían soñado con eso, abrazarla, besarla y hacerle el amor? ¿Había perdido la cabeza?

La idea pasó por su mente como si hubiera sido sugerida por otra persona. Lo ignoró. Ella estaba sentada en su regazo como si no hubiera otro lugar donde prefiriera estar. Su respuesta había sido todo el ánimo que Jake necesitaba para abrazarla y explorar una vez más la deliciosa forma y textura de su boca.

Rebecca se apretó más, temiendo que él se apartara antes de que ella tuviera la posibilidad de experimentar de nuevo esa sensación maravillosa y electrificante que sentía cuando la besaba. ¿Quién sabía si volvería a besar a Jake?

Sus pechos estaban apretados contra el suyo.

Se movió un poco, queriendo sentir la textura áspera de los rizos contra su piel. El minúsculo bikini que cubría sus pechos era totalmente inútil. El tejido se había movido y sus pechos desnudos estaban tocando su carne.

Jake tomó uno y lo acarició suavemente con la mano. ¿Qué estaba haciendo? Tenía que parar antes de...

Pero era demasiado tarde para detener la repentina necesidad de Rebecca de encontrar respuesta a muchas preguntas que habían quedado sin contestar durante su vida. Quería descubrir qué significaban todas esas deliciosas sensaciones y dónde llevaban... y quería que Jake Taggart se lo enseñara.

Se sentó con las piernas abiertas sobre sus muslos y sintió la reacción del cuerpo de Jake. En lugar de apartarse, emitió un sonido de placer y lo tocó.

—Becca... —susurró Jake casi sin voz.

—¿Hmm?

Sus dedos continuaron explorándolo.

—Becca, esto no está bien... Oh, Becca...

Su voz se desvaneció en un gemido mientras ella se ponía sobre su erección y bajaba su cuerpo hacia él.

No pudo creer las sensaciones indescriptibles que estaban recorriendo su cuerpo. Hubo un momento incómodo en el que sus sentidos no pudieron distinguir bien el dolor de unirse a un hombre por primera vez. Se puso tensa, abriendo mucho los ojos, y Jake la sujetó entre sus brazos sin moverse. El dolor cesó y su cuerpo se ajustó a las nuevas sensaciones.

Jake empezó a besarla de nuevo, con una gran ternura.

Pero al momento ella no quiso ternura. No estaba segura de qué quería, pero sabía que había algo que estaba esforzándose por conseguir...

Empezó a mover las caderas. Jake la guió. No podía creer lo bien que se sentía así con el. Tras moverse él con su ritmo para aumentar el placer, Rebecca experimentó una explosión silenciosa en sus entrañas, mientras su cuerpo se agarraba a él, y después se estremeció una y otra vez. Con un gemido, Jake la siguió, y continuaron agarrados en la dulce sensación que quedaba después.

Durante un largo rato, el único movimiento eran las burbujas de agua a su alrededor.

—Es un milagro que no nos hayamos ahogado —murmuró Jake al fin.

Rebecca se preguntó si tendría alguna vez la energía para poder moverse. Jake se puso de pie, aún sujetándola, y salió de la bañera. La sentó en una de las sillas y fue hacia donde ella había dejado su albornoz.

Ella no podía apartar los ojos de su cuerpo desnudo, tan maravilloso y de líneas esculpidas mientras se movía entre luces y sombras. Parecía sentirse cómodo sin ropa, como si estuviera solo.

Jake regresó a su lado, llevando su albornoz.

Rebecca se puso de pie, con las rodillas temblando, y él le puso la prenda por encima.

—Hemos estado aquí demasiado tiempo.

Lo miró, pero su expresión era ilegible. Tenía razón. No era bueno estar metidos en agua tan caliente más que unos pocos minutos cada vez. Pero tenía la sensación de que él no estaba refiriéndose a la temperatura del agua..

—No hemos hecho nada malo —dijo nerviosa.

—¿Eso crees?

—Somos adultos, Jake. No hagamos de esto más de lo que ha sido.

—De acuerdo. Dime entonces. ¿Qué ha sido?

Ella se encogió de hombros.

—Supongo que el humor del momento.

—Encuentro interesante que este «humor del momento», nunca te haya afectado antes, como me dijiste... ¿Por qué yo? ¿Por qué ahora?

Ella lo estudió un rato en silencio.

—Te has convertido en el ejecutivo racional de nuevo con tu necesidad de respuestas. ¿No es suficiente que hayamos pasado un rato agradable juntos? ¿Necesitas analizarlo?

—Dímelo tú. Al fin y al cabo eres la jefa.

A Rebecca le ardió la cara. Se sintió como si la hubiera abofeteado.

—¿Y qué te hace eso, mi esclavo para el sexo, que cumple mis órdenes?

Tras otro rato de silencio, él soltó una risita.

—¡Vaya idea! ¿Esclavo para el sexo?

—¿Te importaría ponerte algo? —dijo Rebecca al fin, ya que le costaba trabajo resistirse a mirar su cuerpo, tocarlo, pedirle que la abrazara durante un rato más.

—Lo siento, no quería ofender su sensibilidad.

Agarró una toalla y se envolvió despacio con ella de cintura para abajo.

No había modo en que Rebecca pudiera ganar un duelo verbal con ese hombre. En cuanto él se giró, ella dio media vuelta y corrió hacia la puerta.

En ese momento, todo lo que quería era estar sola.

Llegó a su habitación y se sintió aliviada. Había conseguido escapar a la presencia de Jake sin seguir humillándose más.

Apenas podía creer lo que había hecho. Se había arrojado a él, prácticamente pidiéndole que le hiciera el amor. Y por supuesto, él la había complacido.

Se dirigió a la ducha, quitándose el bikini en el trayecto. ¿No había conseguido lo que quería? No se arrepentía de haber hecho el amor con Jake. Había sido mucho más que simple curiosidad, pero no había estado preparada para cómo se sentiría después.

Sólo en ese momento se dio cuenta de que había esperado que él sintiera algo nuevo por ella como resultado de su unión.

Pero en lugar de eso, había tomado lo que ella le había ofrecido, y luego había tenido el valor de recordarle que por ser su jefa, no había tenido mucha elección.

Cuando salió de la lucha y terminó de sedarse el pelo, sabía que había cometido un error táctico. En adelante tendría que ir con pies de plomo con Jake, o él podría marcharse antes de haber solucionado todos los problemas.

Jake la vio marcharse, con la espalda muy recta. Por primera vez desde hacía mucho tiempo, se odió. Había estado tan pendiente de protegerse, que le había hecho daño. Terriblemente.

¿No había sabido Rebecca que había estado jugando con fuego a pesar del agua que los rodeaba?

Pero no había razón para herirla. Jake recordó alguna de las cosas que le había dicho, como si lo que había pasado entre ellos no le hubiera importado.

¿Pero no lo había usado ella para intentar ganar algo de experiencia? Aun así, se sentía un sinvergüenza por haber tomado tan libremente lo que Rebecca le había ofrecido, fueran cuales fueran sus razones.

Había sido maravilloso tenerla entre sus brazos. Y en cuanto la había sacado de la bañera la había deseado de nuevo. ¡Si él había sido el único hombre que había visto desnudo, posiblemente habría sacado la idea de que todos los hombres caminaban con una parte de su anatomía imitando el asta de una bandera!

Se frotó la cara con la mano, sabiendo lo que

tenía que hacer. No había otra solución. Iba a tener que disculparse.

Algo que nunca había hecho.

A la mañana siguiente, Rebecca miró su reloj mientras bajaba corriendo las escaleras. Se había quedado dormida después de dar muchas vueltas en la cama. Pensó en no desayunar, pero no podría ir a trabajar con el estómago vacío. Iba a necesitar todas sus fuerzas para enfrentarse a Jake en algún momento durante el día.

Además, le iría bien tomarse diez minutos extra para...

—Buenos días.

A la última persona que había esperado encontrar en el soleado comedor era a Jake. También era la última persona que quería ver en ese momento, cuando ni siquiera se había tomado un café.

—¿Qué estás haciendo aquí?

Él miró hacia su plato como si fuera obvio.

—Desayunando.

Alcanzó la cafetera y se sirvió una taza, que dejó junto al plato, delante de él. Sin hablar, ella se sentó y lo miró.

—No. Me refería... normalmente ya estás en la oficina a esta hora.

—Quería hablar contigo, así que esperé a que bajaras —dijo mirando su reloj y frunciendo el ceño.

—Ya sé que es tarde.

Él casi sonrió.

—Bueno, pero no creo que tengas que preocuparte porque vaya a echarte una bronca la jef...

—No lo digas. Ya he oído suficientes comentarios al respecto.

—Mira, Becca. Lo siento. Eso es lo que estaba esperando a decirte. Perdona por lo de anoche y por mis comentarios crueles. Ojalá...

Le miró sorprendida. Ése era un Jake que nunca había visto antes. Parecía disgustado. Y cansado. No era capaz de ocultar lo que estaba sintiendo.

—No estoy segura de saber por qué te estás disculpando.

—Nunca debí haberme aprovechado de ti.

—¿Exactamente quién se aprovechó de quién?

—Ya me entiendes. No debería haber bromeado sobre que fueras la jefa.

—¿Estabas bromeando?

—¡Claro! Además de eso, me aproveché de tu confianza, de que me tengas aquí viviendo contigo. Nunca debí...

Rebecca le tomó la mano.

—Jake, vamos. Estás haciendo que esto suene como si hubieras urdido y planeado seducirme, cuando en realidad, fui yo...

¡Oh, no, no era eso lo que había querido decir!

Él la miró fijamente. Cuando no habló. La animó.

—¿Y?

Rápidamente, ella le soltó la mano y puso las suyas en su regazo.

—Parece que permití que algunas de mis fantasías vencieran a mi sentido común.

Él sonrió despacio.

—¿Estás diciendo que también has tenido algunas fantasías relacionadas conmigo?

—¿Tú también las has tenido conmigo?

Su sonrisa se hizo mayor.

—Sí.

El nudo que Rebecca había tenido en el estómago, se aflojó de repente.

—¿En serio?

—No hace falta que parezcas tan feliz por ello.

—Oh, bueno, eso pone todo lo que pasó anoche en una perspectiva diferente.

—Todo lo que sé es que no sabía lo mucho que me gustaría echarme una amiga. ¡Mira lo que me he perdido todos estos años!

—¿Qué?

Jake empezó a reírse.

—Oh, Becca, es muy divertido tomarte el pelo. Lo siento, pero no puedo resistirme a provocarte y ver esa mirada en tu rostro.

Echó su silla hacia atrás, se puso de pie y se acercó a ella. La tomó de la mano y la levantó, poniéndola a pocos centímetros de él.

—Creo que necesitamos volver a empezar —murmuró—. Deberíamos haber empezado la discusión de esta mañana así.

La besó con infinita suavidad, Y ella le devolvió el beso. Cuando finalmente Jake levantó la cabeza, sus ojos estaban llenos de pasión.

Rebecca se sintió mareada por el contacto, y su

cuerpo vibraba de necesidad. Jake le acarició la mejilla.

—Buenos días, Becca. ¿Dormiste bien anoche?

A Rebecca se le doblaron las rodillas y volvió a sentarse en la silla. ¿Cómo hacía eso Jake? Tomó su taza de café justo cuando Charles entró llevando su plato del desayuno en una bandeja. Agradecida, aprovechó el pequeño respiro para recobrar la compostura.

Esperó hasta que Charles se marchó.

—He dormido bien —murmuró—. ¿Y tú?

—Fatal —replicó sonriendo, y volvió a sentarse—. Una conciencia culpable puede ser fatal para el descanso, créeme.

Ella miró su plato.

—Lo sé. La verdad es que no he sido sincera. No me dormí hasta pasadas las cuatro, y por eso me he quedado dormida esta mañana.

—Sobre esa amistad...

—¿Sí? —preguntó Rebecca empezando a comer.

Jake estaba serio, y no sonrió.

—Nunca me gustaría perder tu estima, Becca. Eres muy especial para mí. Quiero que lo sepas.

Ella tragó saliva, sintiendo un nudo en la garganta.

—Por eso me enfadé anoche. Todo lo que pasó fue tan... —no pudo encontrar palabras para describir lo que sintió haciendo el amor con él—. Me dolió oír que pensabas que yo esperaba que te comportaras como un empleado.

—No lo dije en serio, te lo prometo. Si recuerdas, tú también te portaste algo frívola, como si lo

115

que había pasado fuera como haber montado en una atracción.

Rebecca miró hacia su plato y lo apartó. No podía pensar en comida en ese momento.

—Me temo que eso fue que asomó mi falta de experiencia. No sabía qué tenía que decir o hacer.

Él le tomó la mano y se la llevó a los labios, besándole los dedos.

—Realmente lo siento. ¿Cómo puedo compensarte?

Ella lo miró durante un rato, viendo que realmente se estaba ofreciendo para enmendar su error. Pensó en la noche anterior y las sensaciones indescriptibles que había experimentado.

Podrían volver a empezar. Podrían ser amigos... y algo más.

Sabía que estaba tomando una decisión de la que podría arrepentirse, pero no podía resistirse a su tentadora oferta. Apartó su mano sonriendo y lo miró mientras él tomaba su taza.

—Ven a casa pronto hoy y déjame que me permita algunas fantasías más. También podríamos probar alguna de las tuyas.

—¿Hablas en serio? —preguntó incrédulo.

Rebecca sonrió, incapaz de hablar, pero de algún modo supo que él leyó la respuesta.

Capítulo Siete

Jake creyó encontrar lo que había estado buscando en un fichero que había sido archivado varios meses antes. El fichero contenía informes del departamento de ingeniería, cuyo jefe era Troy Wrightman. No había nada concreto, Troy era demasiado astuto para eso, pero Jake había encontrado la aprobación para gastos adicionales.

¿Qué había estado sucediendo en ese departamento por aquel entonces que había creado todo ese papeleo para cubrir sus actividades? Jake se reclinó en su silla, descansó la cabeza contra el respaldo y vio a Rebecca, que estaba apoyada contra la puerta cerrada de su despacho.

Pestañeó y miró alrededor. Ya había oscurecido fuera. ¿Qué hora era? Miro su reloj. Más de las siete.

—¿Cuánto rato llevas ahí?

Ella sonrió, se enderezó y cruzó la habitación.

—No importa. Vi que estabas absorto en lo que estés leyendo, y no quería molestarte —rodeó la mesa—. No, no te levantes. A menudo he pensado en lo que harías si yo me atreviera a hacer esto...

117

Se inclinó sobre él, apoyó las manos en los brazos de su sillón y lo besó.

Él la agarró, la sentó en su regazo y la rodeó con los brazos.

Jake había tenido problemas para concentrarse durante todo el día porque estaba teniendo una discusión colosal consigo mismo. Lo de la noche anterior nunca debió suceder... pero también había sido la experiencia más asombrosa que nunca había tenido. Sólo terminaría haciendo daño a Rebecca si continuaban con lo que habían empezado... pero ella era una mujer adulta y capaz de decidir sola lo que quería.

Había dejado claro que lo deseaba a él casi tanto como él a ella. ¿Cómo podía discutir contra algo tan vital?

Rebecca estaba sentada sobre él, descansando las piernas sobre el brazo del sillón. Llevaba uno de sus trajes con falda corta. Le pareció muy natural meter la mano bajo la falda y entre sus muslos, sentir la suavidad de sus medias y descubrir que estaban sujetas por una liga de encaje.

Le mordisqueó los labios y se puso rígido cuando se dio cuenta de que su mano había tocado los rizos oscuros y que ella estaba caliente y húmeda. No llevaba braguitas.

Jake se apartó un poco, viendo que ella le había aflojado la corbata y desabrochado la camisa. Metió un dedo en su humedad.

—¿Has venido a trabajar vestida así?

—Claro que no. Me las quité antes de venir aquí.

Por primera vez, Jake miró hacia la puerta,

preguntándose si quedaría alguien en el edificio.

Ella leyó sus pensamientos.

—He cerrado la puerta con llave.

Levantó las caderas contra su mano y lo besó de nuevo.

—¿Becca?

Ella estaba tocando su pezón con la punta de la lengua, haciéndolo estremecer.

—¿Mmm?

—No estoy seguro de que podamos llegar a casa antes de...

—Espero que no —murmuró ella dirigiéndose a su cremallera.

Apenas llegaron al sofá antes de que Jake la tumbara de espaldas y entrara en ella. Rebecca estaba caliente y prieta; su entusiasmo era contagioso. No podía aguantarse, y sus movimientos se hicieron más y más rápidos hasta que ella lo rodeó con las piernas.

Jake se sintió perdido cuando ella le apretó tanto que sintió sus contracciones internas.

Se relajó por fin a su lado, moviéndose un poco para no descansar todo su peso sobre ella. Se quedó allí echado, con la cabeza descansando sobre sus pechos desnudos. Entonces se dio cuenta de que habían conseguido quitarse las chaquetas y la corbata pero seguían vestidos. Tenía los pantalones en los tobillos, la blusa de Rebecca estaba abierta y su falda enrollada en la cintura.

Los dos seguían llevando los zapatos.

—Bueno —dijo Jake pasado un rato—. Supongo que tenemos que levantarnos.

Ella suspiró feliz y se estiró.

119

—Estaba pensando en lo agradable que será el jacuzzi cuando lleguemos a casa.

—¿El jacuzzi?

—Mmm... Sí.

Tras unos minutos más, Jake se sentó. Ella estaba lánguidamente tumbada a su lado, con una sonrisa muy satisfecha en la cara.

—Hoy he comido con Amanda y Millicent. Me dijeron que te diera recuerdos y me preguntaron cuándo te llevaría al club.

Jake puso la mano sobre uno de sus pechos, acariciando el pezón hasta que se puso duro.

—¿Y qué dijiste?

Ella sonrió.

—Qué aún no estoy preparada para compartirte...

—¿Entonces quieres que piensen que... ?

—Completamente. Han estado tratándome con condescendencia durante años porque yo pasaba casi todo mi tiempo concentrada en mi profesión más que en mi vida social. Creo que tengo una deuda de gratitud por el comportamiento que tú demostraste la noche del baile.

—Bueno, yo oí trozos de su conversación anterior...

—¿Y decidiste demostrarles que no sabían de qué estaban hablando?

Él se inclinó y se metió el pezón endurecido en la boca.

—Algo así —admitió pasados unos segundos.

—Entonces les debo mis gracias eternas —suspiró y le pasó la mano por el pelo.

Ya que habían saciado su primera necesidad,

Jake pensó que se colocarían la ropa y se irían a casa. Pero encontró que estaba disfrutando del aislamiento de estar en un edificio alto viendo las luces de Seattle brillar desde la intimidad de su despacho, con sólo la lámpara de la mesa de iluminación.

Rebecca parecía feliz mientras él seguía acariciando partes expuestas de su cuerpo. Cuando ella empezó a acariciarle hasta excitarlo, descartó la idea de irse a casa.

Se quitó los zapatos y los pantalones y volcó toda su atención en ella.

Rebecca estaba lista para él, y lo abrazó por los hombros mientras él se hundía en sus profundidades calientes.

—Estás realizando otra de mis fantasías —susurró ella—. Hacerme el amor en tu despacho.

Él sonrió.

—Y mía también.

El resto de la comunicación entre ellos transcurrió sin más palabras.

Cuando finalmente llegaron a casa, la comida estaba esperándolos en el frigorífico.

—Me pregunto si la cocinera no se cansa de prepara comida para gente que no está aquí —dijo Jake sentándose en la pequeña mesa de la cocina y disfrutando de los contenidos del plato que había delante de él.

—Yo se lo pregunté hace varios años. Me dijo que la satisfacción residía en saber que estaba preparando comida sabrosa y nutritiva.

—Habrás estado muy sola viviendo aquí desde la muerte de Brock, ¿verdad?

Ella miró alrededor.

—Generalmente me he mantenido demasiado ocupada para pensar en ello. Por supuesto, ahora que tú has venido he tenido tiempo para hacer otras cosas —se detuvo un momento—. ¿Te gustaría ver lo que hago en mi tiempo libre?

Rebecca tenía en la cara una expresión que él nunca había visto, lo que despertó su curiosidad.

—Claro, si tú quieres enseñármelo.

—Nunca se lo he dicho a nadie, ni siquiera a mis padres. Pero por nuestra nueva amistad, creo que me gustaría que tú lo supieras.

—¿Nunca se lo has dicho a nadie?

—Eso es.

—¿Y quieres decírmelo a mí? —preguntó algo nervioso, ya que nadie le había confiado un secreto en toda su vida.

Ella sonrió.

—Sí, y a mí misma me sorprende.

En cuanto terminaron de cenar, ella metió todo en el lavaplatos, le tomó la mano y subieron las escaleras hasta su ala de la casa.

Jake nunca había visto esa parte de la casa y cuando entró en su habitación, se preguntó cómo podía Rebecca marcharse cada día. Aunque muy femenina, era terriblemente acogedora. Había paredes de estanterías repletas de libros, una enorme mecedora que estaba esperando a que ella se acurrucara a leer, y los suaves colores de la habitación eran relajantes.

—Por aquí.

Le hizo cruzar el dormitorio y entrar a una zona más pequeña con mucho espacio y pocos muebles. Se acercó a un armario y abrió la puerta. Jake se dio cuenta de que estaba sacando lienzos pintados.

—¿Pintas?

—Sí.

Ella empezó a colocar los lienzos por la habitación, de frente a Jake. Cuando él vio el tema submarino, se acercó para estudiarlo mejor. Tonos suaves, verdes, azules, rosas mostraban sirenas y castillos, delfines y caballitos de mar, cristales brillantes, pulpos con trenzas de flores, bancos de peces multicolores...

¡Menuda imaginación! Jake miró a la mujer que lo observaba vacilante.

—¿Has pintado todos estos?

—Sí.

—¿Y nunca se los has enseñado a nadie?

—No. Eran mis fantasías. No había razón para compartirlas. Hasta ahora.

Una vez más, tuvo que ajustar su perspectiva sobre quién era Rebecca Adams. Él había visto su comportamiento en situaciones laborales, la había visto enfrentarse a situaciones sociales, ¿pero dónde había estado escondida todo el tiempo esa persona creativa?

—Me siento honrado de que quieras compartirlas conmigo.

—Eso es amistad para mí.

Él se volvió y la abrazó.

—Gracias por compartir esto conmigo.

—Gracias por ser mi amigo.

Aunque él no había pretendido nada sexual con su abrazo, tenerla cerca tuvo el efecto acostumbrado. Sin hablar, ella se apartó, le dio la mano y lo llevó a su cama.

Aún estaba oscuro cuando él se despertó, dándose cuenta de que no estaba solo. Entonces recordó. Se había quedado dormido en la cama de Rebecca. No podía recordar la última vez que había dormido con alguien. No estaba seguro de haberlo hecho.

Ella estaba profundamente dormida, con la cara oculta en la almohada, y su pelo sedoso flotando en los hombros. La sábana le llegaba a la cintura, mostrando la curva de su espalda.

Entonces Jake se asustó. Durante las horas anteriores había vivido el momento, disfrutando de cada experiencia sin hacer preguntas. Como Becca había dicho, se había olvidado de ser el ejecutivo que lo analizaba todo.

Pero en ese momento tenía que pensar en lo que estaba pasando. Ella hablaba de amistad, ¿pero no quería y esperaba más? La conocía demasiado bien para pensar que había decidido a la ligera hacer el amor con él. Él debía significar algo para Rebecca.

La idea lo aterró.

En silencio para no despertarla, se bajó de la cama y se puso los pantalones. Tras recoger el resto de su ropa, salió de la habitación y regresó a su dormitorio y a su cama.

Su vida parecía estar escapando a su control,

especialmente en lo referente a sus sentimientos.

Era el momento de hacer algunos ajustes para evitar el daño.

Rebecca se puso de espaldas con un suspiro y se estiró. Se sentía de maravilla, aunque tenía un ligero dolor en...

Abrió los ojos, recordando de pronto por qué estaba experimentando dolores nuevos. Jake. Miró por la habitación. Estaba sola.

Miró al reloj y entendió la razón. Eran más de la siete. Si corría a lo mejor podrían desayunar y marcharse juntos a la oficina.

Con una sonrisa sensual en su rostro, corrió al baño para ducharse. Cuando llegó al comedor, se decepcionó al encontrarlo vacío.

—Buenos días, Charles —dijo cuando el criado le llevó el desayuno—. ¿Se ha ido Jake ya?

—Sí. A la hora de siempre.

Ella asintió y fingió interés en el periódico para ocultar su decepción.

Una vez en la oficina, tenía varias cosas urgentes que hacer. Hasta pasadas las once no tuvo la oportunidad de llamar al despacho de Jake.

—¿Está Jake? —preguntó a Teresa, su secretaria.

—Está reunido con el señor Wrigthman. Me dijo que no le pasara ninguna llamada. Pero si...

—No, no. No es nada importante. ¿Sabe si tiene algún plan para almorzar?

—No lo dijo. Pero generalmente no almuerza a menos que yo le lleve algo.

—Ah, bueno. Dígale que me llame cuando pueda, ¿de acuerdo?

—Por supuesto.

Rebecca se forzó a concentrarse en lo que tenía que hacer durante el resto del día.

Jake había estado esperando la llamada de Wrightman y no se sorprendió cuando el hombre llamó y quiso verlo. Estaba en su sillón con las manos sobre su regazo cuando llegó Wrightman.

Troy Wrightman era alto, delgado y un poco encorvado. En las reuniones, siempre proyectaba un aire abstraído, como si repasara fórmulas en su cabeza y rara vez hablaba.

Esa mañana parecía más distraído que de costumbre. Sospechaba algo.

Jake señaló una de las sillas.

—Siéntate, Troy. ¿Puedo ayudarte?

—Sé que cuando llegaste explicaste que efectuarías cambios en los procedimientos y política de la empresa... —se detuvo, acariciándose el poco pelo que tenía en la cabeza.

Jake esperó.

—Yo... entiendo tus preocupaciones, y no cuestiono la necesidad de algunos cambios.

—Me alegra oír que me apoyas, Troy. Debes saber lo beneficioso que es que todos trabajen por un bien común.

—Sí, pero... Bueno.... El capataz de la fábrica me llamó esta mañana, explicándome que uno de nuestros diseños se ha retrasado, a pesar de la aprobación de nuestro cliente y la luz verde de la

126

junta directiva —se ajustó las gafas—. Dijo que la orden le llegó el viernes pasado. Me preguntaba por qué nadie me lo ha dicho, ya que yo estoy a cargo de las pruebas.

Jake continuó reclinado, observando al otro hombre. En lugar de responder a su pregunta, le hizo otra.

—¿Cuánto tiempo llevas en CPI, Troy?

Wrightman se quitó las gafas, sacó un pañuelo blanco y las limpió.

—Quince años.

—¿Cuánto tiempo llevas siendo el encargado del departamento de ingeniería?

—El próximo mes serán cinco años.

—¿Recuerdas lo que pasó la última vez que entregamos apresuradamente una pieza nueva?

Wrightman pestañeó antes de ponerse las gafas.

—Me temo que no te sigo.

—¿Recuerdas cuándo decidiste por primera vez crear defectos en nuestras nuevas piezas? —preguntó Jake muy despacio.

Wrightman se puso tenso.

—No sé de qué hablas.

—No, estoy seguro de que no. Has sido muy listo —se levantó de la silla—. Deja que te acompañe a tu despacho, Troy.

Claramente desconcertado, Wrightman se levantó y siguió a Jake por el pasillo. Jake se apartó para que él entrara antes.

En su despacho había dos hombres. Uno de ellos estaba vaciando cajones en una caja.

—¿Qué hace? —Troy miró a Jake—. ¿Dónde está seguridad? Nadie puede entrar y...

—Deja que te presente a estos caballeros. Son agentes federales que han estado trabajando conmigo en la investigación de algunos de los accidentes de la fábrica y los fallos de varios equipos que se enviaron al gobierno. Van a acompañarte a ti con tus pertenencias fuera del edificio y te llevarán a su despacho a charlar un poco. Estoy seguro de que ellos podrán responder todas tus preguntas.

Jake dio media vuelta y se marchó a su despacho mientras miraba el reloj. Su reunión con Wrightman había durado más de lo que había esperado. Tenía que hacer algunas llamadas, concertar reuniones y notificar a algunas personas. Iba a ser otro día largo, pero era la culminación de todo el trabajo que había realizado desde que había llegado a Seattle.

Había encontrado al hombre responsable de los problemas de CPI. Lo que le había sorprendido era que Wrightman había empezado a actuar mucho antes de la muerte de Brock, incluso antes de que él se marchara. Había suficientes pruebas para encarcelarlo, pero eso ya no era asunto suyo. Él lo había puesto todo en manos del gobierno.

Otra semana de duro trabajo y estaría listo para devolvérselo todo a Rebecca y marcharse de allí.

Capítulo ocho

Jake se abría camino en el aeropuerto de El Paso, sabiendo que Mel estaría esperándolo. Lo había llamado el día antes, ya que estaba demasiado lejos para que un taxi lo llevara a la cafetería.

En cuando salió a la calle supo que había vuelto a Texas. A pesar de que el calendario mostraba que estaban a mediados de mayo, el verano había llegado a aquel lugar. El aire caliente y seco era como una sauna después del tiempo húmedo y nuboso de Seattle.

Se alegraba de estar en casa.

Oyó un claxon y vio a Mel conduciendo su todoterreno. Era estupendo verlo. Agarró sus bolsas y corrió hacia donde estaba aparcado en doble fila, echó las bolsas atrás y entró.

—Bueno, bueno, qué aspecto de hombre de ciudad —observó Mel sonriendo y arrancando—. Creo que nunca antes te he visto con traje.

—Me marché esta mañana muy temprano. Tenía algunas reuniones antes de tomar el avión. No tuve tiempo de cambiarme.

—Parece que hayas perdido casi todo tu pelo.

Jake sonrió, pasándose la mano por su pelo corto.

—Crecerá deprisa, no te preocupes.

—¿Y dónde está tu chavala? Esperaba verla contigo. ¿Cuando vendrá?

Jake frunció el ceño.

—Tienes ideas extrañas, viejo. A veces me preocupas. Rebecca me contrató para trabajar temporalmente en un asunto específico. Lo hice y he vuelto.

—Ya, ya.

—No hay nada entre nosotros. Nada.

—Excepto que has estado viviendo con ella durante los últimos cuatro meses, creo.

Jake cerró los ojos y contó despacio hasta diez.

—Su casa es más grande que la mayoría de los hoteles, Mel. Rara vez la veía.

—Ya, ya.

—¿Cómo está Betty?

—Como siempre. ¿Cuánto tiempo vas a quedarte esta vez?

—Para siempre. Hice lo que tenía que hacer y estoy de nuevo en casa.

—Solo.

—Claro que estoy solo.

—¡Bah!

—Viejo bobo —murmuró Jake.

—Te he oído.

—Bien.

—¿Así que estás diciéndome que no hay nada entre tú y esa guapa muchacha de Seattle?

—Sí, eso te estoy diciendo.

—Entonces no hay duda de que yo no soy el más loco de los dos.

—¿Podemos dejar el tema?

—Considéralo hecho.

Jake ya se había quitado la corbata y desabrochado los dos botones de la camisa en el avión. En ese momento se quitó la americana y la dobló.

—Los guardabosques han estado buscándote.

—¿Qué querían?

—No lo dijeron.

—¿Qué les dijiste tú?

—Que no te había visto desde hacía meses.

Jake sonrió.

—Eso es cierto.

—Estoy pensando que a lo mejor tenían miedo de que te hubieras abierto la cabeza escalando o estuvieras tirado muerto en algún sitio —miró a Jake—. Por supuesto, yo no podía explicarles que tienes la cabeza demasiado dura para hacerte daño, aunque te la golpearas con algo.

—No hace falta que sigas, Mel.

Mel sonrió y se controló de hacer más comentarios hasta que llegaron al restaurante.

En cuanto lo hicieron, Betty corrió a la puerta a recibirlo, se echó a sus brazos y lo abrazó.

—¡Me alegra verte! No puedo creer lo mucho que te he echado de menos sólo con saber que no estabas en las montañas.

En cuanto lo soltó, miró alrededor.

—¿Estás solo?

¡Oh, no, ella también! ¿Qué les pasaba a esos dos?

—Sí, estoy solo, Betty. No, Rebecca no ha venido conmigo. No, no va a venir. No se lo pedí, y aunque lo hubiera hecho, no habría venido. Tiene mucho trabajo.

Ella se apartó y se puso la mano en el corazón.

—Dios mío, ¿qué ocurre? Sólo te he hecho una pregunta simple.

—Voy a cambiarme de ropa. Aún tengo algo en el dormitorio, ¿verdad?

—Claro. Cuando salgas tendré preparado un plato de carne y patatas.

—Siempre sabes cómo tentarme, ¿verdad?

Ella se rió.

—Anda, vete y quítate esa ropa elegante.

Jake salió por la puerta trasera y siguió el camino a la casa donde Mel y Betty habían vivido desde que él podía recordar. La casa era pequeña pero bien cuidada y llena de amor. Recordaba haberse sentido seguro de niño. Seguro y a salvo.

Entró en su dormitorio y se quitó la ropa. Se duchó, encontró unos vaqueros, una camisa de cuadros y las botas que había dejado antes de marcharse a Seattle con Rebecca.

Rebecca...

Era extraño el modo en que se había deslizado en su mente y se había instalado allí. Había pasado casi todo el viaje de vuelta a Texas pensando en los días anteriores.

Por supuesto, habían celebrado la detención de Troy Wrightman, aunque ella sintió que su hija tuviera que sufrir el escándalo. En todo lo que Jake podía pensar era en que Amanda, ¿o era Millicent su hija? iba a averiguar cómo se sentía siendo el tema de los cotilleos.

La cocinera se había superado aquella noche. Rebecca debió avisarla de que llegarían temprano a casa para cenar. Habían abierto una botella de champán y habían cenado mientras charlaban de lo sucedido durante el día. Jake le había dado consejos por si alguien volvía a intentar algo así.

—¿Qué tal un baño? —había preguntado Rebecca tiempo después.

—De acuerdo.

Ella se levantó y le dio la mano.

—Todos los criados se han subido a dormir. Olvidemos los bañadores, ¿vale?

En lugar de darle la mano, Jake la levantó en brazos.

—Lo que llevabas la otra noche no servía para nada. ¿Dónde encontraste algo así?

—En Francia.

—Algo así imaginé.

—¿No te gustó?

—¿Había algo para que pudiera gustarme?

Entraron el la piscina, iluminada por las luces. Él bajó muy despacio a Rebecca pegada a su cuerpo hasta que sus pies tocaron el suelo.

Rebecca sonrió.

—Yo diría que estás preparado para... nadar.

—Para eso también.

Jake la ayudó a desnudarse, disfrutando particularmente al quitarle los zapatos de tacón y bajándole con cuidado las medias. Sus braguitas de encaje hacían juego con el sujetador transparente. Una vez desnuda, se apartó para admirarla.

—¿Tienes la misma expresión en la cara cuando

abres los regalos de navidad? —preguntó Rebecca riéndose.

—No me extrañaría.

Rápidamente se desnudó y se acercó a la piscina.

—Mira, está lloviendo.

Jake miró hacia el techo de cristal antes de nadar hacia el otro extremo de la piscina. Cuando se puso de pie, vio que Rebecca lo había seguido.

—Oh, esto es maravilloso —suspiró ella flotando a su lado.

Jake tomó uno de sus pechos.

—Sí que lo es.

—¿Te molesta la lluvia?

Él la rodeó con los brazos para poder poner la boca donde había estado su mano. Ella arqueó la espalda de forma que la parte inferior de su cuerpo flotaba contra él.

—La lluvia —repitió Rebecca, cuando él fue a besarla en la boca—. No te gusta, ¿verdad?

Él se detuvo.

—Realmente no. Yo crecí bajo el sol.

—¿Es por eso por lo que vives en Texas?

—Es mi hogar —dijo él simplemente antes de besarla.

Cuando el beso terminó, ella estaba abrazada a él y Jake perdiendo rápidamente el control.

Puso las piernas de Rebecca a su alrededor, subiéndola de manera que sus pechos quedaron a la altura de su boca. Acarició cada uno con la lengua, lo mordisqueó y lo saboreó hasta que ella estuvo retorciéndose. Con infinito cuidado, la fue bajando hasta que estuvo completamente dentro de ella.

—Me encanta —susurró Rebecca—. Adoro tenerte así.

A él también le encantaba. Cada vez que le hacía el amor, esperaba que esa vez quedaría saciado. No podía seguir culpando de su reacción a Rebecca por la falta de una mujer en su vida. No después de las semanas anteriores. Eso tenía que ver con una mujer en particular.

Nunca habría sabido lo que era hacerle al amor a alguien que quería si no hubiera vuelto a Seattle con Rebecca. Nunca habría sabido...

El gato blanco de Betty saltó a la cama a su lado, sacándolo de sus pensamientos.

Jake había tomado la decisión correcta, la única con la que podía vivir. Había vuelto a Texas.

Rebecca no había reaccionado como si hubiera esperado que él hubiera hecho algo diferente. Sus modales alegres habían hecho para Jake más fácil y difícil a la vez marcharse.

¿No le había importado que él estuviera saliendo de su vida? Nunca se le había notado en nada que quería que él se quedara, que lo amaba o que podría echarlo de menos.

Jake no se había obligado a dar ninguna explicación sobre su comportamiento o sus sentimientos. Ella había aceptado todo lo que él había dicho y hecho.

Cuando Jake había rechazado su oferta de llevarlo al aeropuerto, explicándole que llamaría a un taxi, Rebecca había sonreído.

—Bueno, que tengas un buen vuelo a casa —le había dicho—. Llámanos de vez en cuando.

Por supuesto, todos los jefazos de la empresa habían estado allí, ya que la reunión acababa de disolverse. Jake y Rebecca no tuvieron la oportunidad de despedirse en privado. Mejor.

Así que había terminado. Él estaba de vuelta en su casa, preparado para refugiarse en las montañas de nuevo. Ésa era la vida que había elegido, la vida que quería. Nada había cambiado.

—Me tengo que ir, Nuisance —le dijo a la gata—. Me muero de hambre.

El fuerte sol de julio caía sobre su pequeño valle escondido. La cabaña permanecía fresca al estar dentro de una cueva, pero Jake pasaba fuera casi la mayor parte del día. Estaba demasiado inquieto para permanecer mucho tiempo dentro.

Al principio había pensado que era porque había trabajado demasiado y que estar de nuevo en las montañas de nuevo necesitaba una adaptación. Sólo tenía que aprender a relajarse un poco.

¿Entonces por qué no se había relajado?

Había empezado a vestirse de verano, o más exactamente a desvestirse, llevando nada más que bermudas atadas bajo la rodilla y mocasines. Parecía un hombre de la época de su madre. Ésa era normalmente su ropa de verano. Su madre le había enseñado cómo vestirse cuando había compartido su historia y la historia de su gente con él de niño.

A pesar de su educación y sus propias creencias

de que él no había sido diferente de los otros estudiantes, Jake había sido tratado de modo diferente por todo el mundo.

Excepto por Rebecca.

Al recordar sus conversaciones cuando él le había hablado de su madre, se dio cuenta de que Rebecca lo había aceptado todo con naturalidad.

¿Cómo podía dejar de amarla?

No se había preparado para lo mucho que la echaba de menos. Había pensado que el dolor disminuiría.

Pero no tenía control sobre sus sueños, no en el número de veces que pensaba en ella durante el día.

Y no había nada que pudiera hacer. Su mundo y el de Rebecca estaban a miles de kilómetros de distancia. A pesar de todo el lujo que lo había rodeado, él había anhelado los grandes espacios abiertos. A lo mejor tenía más sangre de su madre de lo que había pensado.

Así que en ese momento debería estar contento. Tenía todo lo que quería.

Excepto a Rebecca.

Miró alrededor, y no pudo recordar cuántas veces había querido que ella estuviera allí para ver lo exuberante y verde que estaba todo en esa época del año.

Se había acostumbrado a dormir fuera y se había quedado horas contemplando las estrellas, preguntándose si Rebecca podría verlas con las nubes habituales de Seattle.

Con un sonido de frustración, decidió tratar de eliminar algo de su ansiedad. Iría a escalar.

Una noche más de las muchas sin dormir. Rebecca estaba en la cama mirando el techo, preguntándose qué estaría haciendo Jake. ¿Pensaría en ella? Lo dudaba.

Quería poder dejar de pensar en él. No importaba lo ocupada que estuviera en el trabajo, sus pensamientos siempre regresaban a Jake.

Había aplicado sus consejos, ascendido a uno de los jefes de departamento y hacía todo lo posible por evitar ir al trabajo, Tenía demasiados recuerdos allí.

Había adquirido la costumbre de nadar todas las tardes con la inútil esperanza de cansarse mucho y quedarse dormida en lugar de estar echada noche tras, noche echando de menos a Jake.

Pero él había dejado claro que había estado contando los días que quedaban para poder marcharse a sus amadas montañas.

Bueno, estupendo por él. Rebecca se alegraba de que al menos uno de ellos fuera feliz.

Por supuesto, no era culpa de Jake que ella hubiera querido más de lo que él podía ofrecer. ¿No había sabido Rebecca lo bastante de su vida anterior como para imaginar que no iba a permitir que nadie se acercase a él?

Jake no tenía idea de lo que podía ser una vida familiar. Nunca había conocido a su padre. Era un solitario. Rebecca incluso sabía la razón. Jake encontraba más seguro no confiar en nadie. Era como un animal sin domar viviendo en las montañas.

Sonrió. ¿No podría ser otra cosa si se le pudiera sacar de las montañas? ¿No sabía ella de él más que nadie, igual que él de ella? ¿No tenía la posibilidad de domarlo? ¿Y si había una oportunidad, a lo mejor una entre un millón, de que funcionara? ¿No le debía a ella y a él mismo intentarlo?

Sus ojos se cerraron mientras pensaba en sus planes para las vacaciones. Solía pasarlas en las montañas, ¿verdad? Así que a lo mejor ese año, sólo a lo mejor...

Se quedó dormida pensando en Jake.

Capítulo Nueve

Jake cruzó la larga cueva y se detuvo al ver su paraíso privado. Estaba cansado, pero se sentía bien. Se había forzado durante las semanas anteriores, escalando kilómetros, buscando nuevos caminos, durmiendo fuera cada noche. Cuando finalmente descansaba al anochecer, estaba tan agotado que se dormía de inmediato.

En algún momento había conseguido cierta paz consigo mismo. Se había recordado que al final había superado la pérdida de su madre. Aún echaba de menos no tenerla en su vida, pero había dejado de sufrir como los primeros años tras su muerte.

Así que sabía que sólo era cuestión de tiempo que superara a Rebecca. Tenía mucho tiempo. Nunca había tenido razones para verla de nuevo. Ella tenía su propia vida, más dinero del que podría gastar y posiblemente se casaría uno de esos días.

Bueno. Lo había dicho. Debería acostumbrarse a la idea de que ella encontraría la felicidad con otro hombre.

Empezó a bajar el sendero estrecho hasta el

fondo del valle. Estaba empapado en sudor. Se daría un baño en el río. Había un lugar justo donde desaparecía bajo las montañas que era profundo y podía nadar.

Miró al valle. Todo parecía igual que semanas antes. Al menos había bastante agua para que todo estuviera verde. Le gustaría...

Se detuvo, mirando al lugar donde solía nadar. Había alguien allí, tomando el sol en una de las rocas. Echó a correr. ¿Quién había encontrado su valle? En todos los años que había vivido allí, nunca había estado allí nadie. Nadie excepto...

¿Rebecca?

Ella se sentó, apartándose el pelo de la cara antes de meterse de nuevo en el agua. No le había visto acercarse, pero Jake estaba lo bastante cerca como para reconocerla y ver que no se había molestado en ponerse nada para bañarse.

La vio meterse en al agua y bucear un poco antes de volver a asomar a la superficie. Sólo entonces, ella lo vio.

—¿Jake? ¡Dios mío, espero que seas tú! Pareces un indio vestido así —nadó hacia él y salió del agua con la misma naturalidad que si estuviera vestida—. Estás bastante moreno —dijo mirándolo insegura.

—Puedes alegrarte de que sea yo —gruñó quitándose los mocasines—. Parece que has perdido tu bañador.

En algún momento durante su discurso, ella se lanzó a sus brazos. Si él no se hubiera sujetado, se habrían caído los dos.

—¡Oh, me alegra tanto verte! —exclamó aga-

141

rrándolo del cuello—. ¡Estás fabuloso tan moreno! Totalmente fabuloso. ¿No has pensado nunca en ser modelo?

Él no la tocó. No podía tocarla. Si ponía un dedo en ella, todo el trabajo de los meses anteriores no serviría para nada. Como un alcohólico que sabía que no debía dar un trago, sabía que no debía tocarla.

—¿Qué estás haciendo aquí, Rebecca? —preguntó con los dientes apretados y las manos en las caderas.

Ella se apartó y lo miró a la cara.

—He venido a verte. Esperaba que te alegrara verme.

Él miró rápidamente su cuerpo desnudo.

—Bueno, pues me has dado la oportunidad de verte todo lo posible.

Sólo en ese momento ella pareció darse cuenta de que no llevaba ropa. Dio media vuelta, agarró una toalla y se rodeó rápidamente con ella.

—¿Qué pasa? ¿Estás enfadado conmigo?

Él entró en el agua sin mirarla.

—¿Cómo has llegado?

—Mel me llevó hasta donde está tu todoterreno aparcado. Yo hice el resto del camino sola.

—Eso ha sido una estupidez. Podrías haberte perdido y nadie habría podido encontrarte.

Rebecca se sentó en la roca y lo miró mientras se refrescaba.

—Tengo un buen sentido de la orientación y recuerda que ya había estado aquí antes.

—Un claro error por mi parte —murmuró Jake.

Pudo ver el dolor en la cara de Rebecca, y no

quería causárselo. Sólo quería que se mantuviera fuera de su vida. Él iba a tener que empezar de nuevo a acostumbrarse a no oír el sonido de su voz ni oler su aroma a flores, sol y mujer limpia y sana.

—Pensé que éramos amigos, Jake —dijo ella al fin—. Me tomé unas vacaciones y pensé que sería agradable pasarlas contigo aquí en la montaña.

—Deberías haberlo hablado conmigo antes.

—¿Cómo? Mel y Betty me dijeron que no habías bajado desde que llegaste. Los llamé antes de venir. A menos que uses alguna paloma mensajera, no sabía cómo ponerme en contacto contigo —miró hacia la cabaña—. Y de todos modos resultó que no estabas aquí. Llegué hace tres días. Le dije a Mel que tú me acompañarías de vuelta, así que no podía hacer nada a menos que tú aparecieras.

Jake salió del agua y levantó su mochila.

—Vamos. Hace demasiado calor para estar bajo el sol.

Ella no dijo nada, sólo lo siguió hasta la cabaña. Una vez dentro, él vio que se había acomodado en la casa. Había hecho galletas y había un montón de comida enlatada sobre el mostrador que debía haber llevado ella.

—Perdona, Jake —dijo ella de pie en la puerta—. No quería molestar. Sólo pensé... No sé, que podríamos...

—Podríamos seguir donde lo dejamos, ¿es eso? ¿Qué podríamos meternos en la cama recordando los viejos tiempos? ¿Es eso lo que pensaste?

Ella se acercó a una mochila que él no había visto y sacó unos pantalones cortos y una camiseta de colores. Se los metió bajo la toalla y luego usó la toalla para secarse el pelo.

—¿Estaría mal eso?

Ahí fue cuando él se perdió. ¿Cómo podía resistirse a esa mujer cuando sólo verla era como agua para un hombre en el desierto?

—Oh, Becca —fue todo lo que pudo decir, acercándose y abrazándola—. Oh, Dios, Becca.

Enterró la cara en su pelo y se quedó oliendo su dulzura, odiándose por ser tan débil, odiándose por necesitarla tanto.

—Becca.

Sólo entonces ella levantó la cabeza y cuando lo miró con ternura, tocando su mejilla con la punta de los dedos, Jake se dio cuenta de que tenía la visión borrosa por las lágrimas en sus ojos.

Ella lo miró desconcertada.

—Pensé que no me querías aquí —dijo despacio.

Él negó con la cabeza. No podía hablar. Si lo intentaba, se desmoronaría completamente.

—¿Qué ocurre, Jake? Por favor, dímelo.

Y las palabras le salieron del alma.

—Te amo, Becca. Te amo.

—Oh, Jake —susurró también con los ojos húmedos—. No lo sabía. Nunca lo dijiste. Nunca. Yo he intentado no amarte.

—Yo también.

—Pero no puedo evitarlo.

—Yo tampoco.

Jake perdió la noción del tiempo mientras estaban de pie en medio de la cabaña, abrazados. Rebecca lo amaba. Había ido a Texas a verlo, a estar con él. Porque lo amaba.

Una sensación cálida le llenó el pecho, como si de repente algo hubiera empezado a crecer.

Estaba allí y era suya.

Sólo había unos pocos pasos hasta la cama, y ninguno llevaba mucha ropa. Con unos pocos movimientos, lo poco que había desapareció y se amaron, casi frenéticos en su necesidad de tocarse, besarse y poseerse. Él se hundió profundamente en ella y Rebecca lo rodeó con brazos y piernas.

Después de haber hecho el amor, se quedaron un rato echados sin hablar. Jake no sabía qué decir. Estaba perdido. Todo lo que había creído saber de sí mismo se había desintegrado.

—Tienes un modo interesante de saludar a las visitas en tu casa, Jake. Confuso pero interesante.

—¿Tienes algún consejo para que mejore?

Ella le acarició el pecho desnudo y suspiró.

—Oh, no lo creo, aunque hay ciertos elementos que no me gustaría que repitieras con nadie excepto conmigo.

—Yo opino igual. ¿Y si no hubiera sido yo quien te hubiera visto nadando desnuda, eh?

—Ya me dijiste que nadie más sabe encontrar este lugar. Aunque debo admitir que la primera vez que te vi pensé que Jerónimo había vuelto.

Jake le acarició el pelo húmedo.

—Eso nunca te ha importado, ¿verdad?

—¿El qué?

—Mi mezcla de sangres.

—¿Por qué? Yo también llevo todo tipo de sangre... francesa, irlandesa, galesa, inglesa.

—Ya me entiendes.

—Jake, no existen las sangres puras, ¿no lo sabes? Incluso entre las tribus más nativas hay mezclas de sangres. ¿Y además, qué más da? Cada uno de nosotros es la persona que se supone ha de ser, una mezcla perfecta de las esperanzas y sueños para el futuro de nuestros antepasados. ¿Por qué íbamos a querer otra cosa?

Él suspiró y se puso de espaldas sin dejar de abrazarla.

—¿Cuándo te hiciste tan sabia?

—No estoy segura del momento exacto. ¿Qué hora es?

Los dos se rieron.

—¿Y qué hacemos ahora? —preguntó Jake al fin.

—¿Comer?

Él se sentó.

—Buena idea, pero no estaba hablando de eso.

—¿Te refieres a que quieres entrar en una profunda discusión sobre el futuro?

—No especialmente, pero creo que es necesario. Aceptémoslo, nuestros estilos de vida no podían ser más distintos. De algún modo vamos tener que encontrar un modo de vivir juntos donde los dos seamos felices.

—Eso no será difícil. Yo seré feliz donde estés tú. Y nuestro hijo será feliz donde estemos nosotros. Así que sólo depende de que tú decidas dónde quieres...

Él se puso rígido.

—¿Nuestro hijo?

Rebecca se bajó de la cama y se vistió.

—Sí. Bueno, no pensaba soltártelo así...

Jake la agarró del brazo.

—¿Nuestro hijo? —repitió—. ¿Estás intentando decirme que estás embarazada?

—Como he dicho, hasta que no establezcas un sistema de palomas mensajeras en el valle...

—¡Becca, por favor! No estoy bromeando.

Ella se calló y lo miró tranquila.

—Yo tampoco, Ésa es una de las razones por las que estoy aquí. Sí, necesitaba unas vacaciones y me gusta la montaña, pero también pensé que tenías que saber que ibas a ser padre.

Jake dio media vuelta y se acercó a la puerta que habían dejado medio abierta.

—¡No se me ocurrió! ¡Ni una vez! Bueno, excepto durante un momento fugaz en el jacuzzi. ¿Cómo puede ser tan descuidado?

—Yo tampoco hice nada. Para ser honesta contigo, esperaba poder quedarme embarazada.

Él se apoyó contra la puerta y la miró.

—¿Estás contenta?

—Mucho. No puedo pensar en un padre mejor que tú, y yo voy a ser una madre extraordinaria en pocos meses.

—¿Para cuándo?

—Es un niño, tiene que serlo. Salgo de cuentas después de año nuevo. Hay una oportunidad de que nazca el día uno. ¿No sería fabuloso? ¡Un bebé nuevo para un año nuevo!

Parecía tan feliz, como si hubiera logrado un milagro.

Un milagro...

—No sé nada sobre ser padre.

—Bueno, hasta ahora lo has hecho bien.

—No podemos quedarnos aquí, eso está claro. Me iré a vivir a Seattle y...

—Espera, espera. No tenemos que tomar hoy todas esas decisiones. La comida es lo primero en la lista de prioridades. Y luego puede que una siesta. No sabes lo mucho que duermo ahora. Mi secretaria entra a verme todas las tardes para asegurarme que estoy despierta. Suelo dormirme después de comer, después de cenar...

—¿Sabe alguien que estás embarazada?

—Aún no, pero no es algo que pueda ocultar durante mucho tiempo.

—Una vez estemos casados, les diremos que nos casamos antes de que yo me fuera. No hay razón para que empiecen a murmurar y a contar los meses.

—Nunca me han preocupado los cotilleos, y no hay razón para que nos casemos.

Él le puso la mano el vientre.

—Sí que la hay.

—No a menos que quieras hacerlo. No he venido aquí para eso. Seremos padres de todas formas.

—No quiero tener que explicarle a mi hijo por qué no estamos casados. Te amo. Quiero que seas mi esposa.

—Es gracioso que nunca lo hayas dicho antes. De hecho, recuerdo a mi padre mencionar algo de que le dejaste claro lo que opinabas de continuar una dinastía.

Él la miró horrorizado.

—¿Te lo contó?

Ella sonrió.

—Sí. A los dos nos pareció muy gracioso.

—¿No te sentiste herida?

—¿Por qué? No me conocías. No te interesaba conocerme y para ser sincera, yo estaba incómoda cerca de ti como para considerar hablarte más de lo estrictamente necesario.

—¿Así que fue idea de Brock?

—Sólo un pensamiento fugaz, por lo que yo sé.

—Aún quiero casarme contigo.

Ella empezó a abrir latas y a preparar la comida.

—¿Cuándo? —preguntó sin mirarlo.

—Lo antes posible. Mañana. Iremos a El Paso.

—De acuerdo. Llevaremos a Mel y a Betty, ¿vale?

Jake puso la mesa.

—Dudo que vengan. No habrá nadie en el restaurante.

—Entonces cerrarán —se volvió y lo abrazó—. Puedo garantizarte que los Abbots no se perderían por nada del mundo la oportunidad de ver tu boda.

—Todo saldrá bien. Lo sé.

Ella empezó a reírse.

—Yo tengo también toda la seguridad. Tú, por otro lado, tienes el mismo entusiasmo que un hombre camino del dentista.

—Es porque estoy asustado, Becca, y confundido. Hace una hora nunca habría imaginado que iba a casarme ni a ser padre.

—Sí, lo sé, pero no tienes remordimientos por haberlo decidido. ¿No lo ves, Jake? En eso consiste la vida. No en tener todas las respuestas. Sino en tomar decisiones según llegan, una cada vez. Y entonces enfrentarse a la siguiente decisión. No tenemos que hacerlo todo en un día. Es suficiente que tú finalmente te hayas abierto a mí y que admitas que me amas.

—Y pensar que podía haberme perdido todo esto.

Jake se sentó y la vio llenar su plato con avidez. La maternidad obviamente le sentaba bien.

Sólo esperaba poder enfrentarse a los nuevos papeles a que se había comprometido. ¿Y si él era como su padre? ¿Qué sabía de bebés?

Ella le tomó la mano.

—Tú me ayudaste cuando yo te necesitaba, cuando nadie más me pudo ayudar. Ahora es mi turno. Dame una oportunidad y te demostraré que podrás pasar por todo esto como el hombre maduro que eres. Daremos un paso cada vez, ¿de acuerdo?

—Mientras seas parte de mi vida, sé que podré con todo.

—Cuenta con ello, amor mío. Siempre estaré a tu lado.

Epílogo

Betty miró a su alrededor a ver si alguno de sus clientes necesitaba algo. Había un alegre murmullo de voces a la hora de comer. El negocio siempre subía cuando el colegio había terminado y las familias empezaban sus vacaciones.

Miró por la ventana cuando llegó otra furgoneta y aparcó. Vio a un hombre alto, de hombros anchos y piernas largas salir y acercarse a la otra puerta. La abrió y la mujer que estaba en el asiento delantero sentada le puso una especie de bolsa alrededor del cuello. Él tomó a un bebé dormido de los brazos de la mujer y lo colocó en la bolsa.

Betty se asomó a la ventana de la cocina.

—Ya están aquí, Mel —dijo excitada.

—¿Ya?

Betty iba hacia la puerta cuando entró corriendo como un ciclón un niño de siete años.

—¡Abuela! ¡Abuelo! ¿Sabéis qué hemos hecho? Hemos visto el Gran Cañón, es un gran agujero en el suelo y papá me hizo darle la mano y Jennie se asustó y lloró, y entonces vimos...

—No tienes que contarle todo el viaje en los primeros cinco minutos, hijo —dijo una voz tras él.

151

El hombre alto que llevaba al bebé dormido contra su pecho sujetó la puerta abierta para su esposa, que estaba guiando a su hija de tres años hacia la puerta.

Betty ya estaba recibiendo un gran abrazo cuando el resto de la familia entró.

Se enderezó justo a tiempo de levantar a la niña en brazos.

—Hola, Jennie. ¿Me recuerdas?

La niña tenía el pulgar en la boca. Asintió, pero no se lo sacó para hablar. Aún con ella en brazos, Betty se acercó al hombre.

—Se te ve totalmente natural con una prole de niños, Jake. Déjame que vea a este hombrecito que traes ahí.

Jennie se sacó el dedo.

—Es Joey.

—¿Qué te parece? ¿Te gusta tener un hermanito?

Jennie volvió a meterse el pulgar en la boca y asintió.

Mel salió de la cocina y abrazó a Rebecca.

—Estás más bonita cada día. Tener niños parece sentarte bien.

Rebecca le devolvió el abrazo.

—Oh, Mel, ¡no sabes lo mucho que significa para mí oír eso!

Jake la miró, ofendido.

—Yo siempre te estoy diciendo lo bien que estás, Becca. ¿Qué diferencia hay si te lo dice este viejo buitre?

—Porque sabe que soy sincero. Igual que sabe que tú siempre eres cariñoso con ella porque generalmente quieres algo a cambio, ¿tengo razón? —le preguntó Mel a Rebecca.

Ella se puso como un tomate.

Betty les señaló una mesa vacía.

—Vamos, todos a la mesa. Apuesto a que estos niños están muertos de hambre.

—Siempre lo están —murmuró Jake.

—Tengo una sillita alta para Jennie y si quieres puedo tener en brazos a Joey mientras coméis.

—Está bien donde está —gruñó Jake.

Rebecca le dio una mano a cada hijo.

—Vamos a lavarnos las manos.

Jake se sentó con el niño encima. Mel volvió a la cocina mientras Betty preparaba la mesa.

—Así que habéis parado en el Gran Cañón de vuelta a casa. Veo que a los niños les ha gustado.

Jake puso los ojos en blanco.

—No sé Jennie, pero Jason ya está planeando el viaje de vuelta. Quiere montar en una de las mulas y llegar hasta el fondo del cañón.

Betty sonrió.

—Tienes buen aspecto. Se te ve satisfecho contigo mismo. Es una maravilla que a esa camisa aún no le hayan reventado los botones.

—No puedo quejarme. Pero siempre me alegra volver a casa. Ahora que Jason ha empezado el colegio, tendremos que planear los viajes de verano según su horario.

—No te importa mucho estar en Seattle todo el tiempo, ¿verdad?

Él sonrió.

—Realmente no. Por alguna extraña razón, Becca parece sentir que tiene que compensarme, así

153

que se esfuerza mucho en asegurarse de que no estoy triste al estar lejos de las montañas.

Los niños llegaron corriendo delante de su madre y se sentaron. Rebecca miró a Jake y sonrió.

—Tenerlos todo el día metidos en el coche no es lo mejor. Están tan excitados que vamos a tener que llevárnoslos atados.

—Pueden correr todo lo que quieran cuando lleguemos al valle.

—Seguro que os alegráis de que el servicio forestal haya construido algunas carreteras hasta arriba —intervino Betty.

—No sabes cuánto —replicó Betty—. Hizo mucho más fácil construir la nueva casa. Todos no habríamos cabido en la cabaña de una habitación.

—Nunca me habéis contado cómo conseguisteis que el gobierno os dejara arrendar esa tierra legalmente.

Jake guiñó un ojo a Rebecca.

—Bueno, al casarme entré en una familia bastante influyente, que conoce a gente importante que sabía de qué cabos tirar.

—Su encanto hizo el resto —añadió Rebecca.

—Eso no me sorprende —dijo Betty—. Este Jake siempre ha perseguido lo que ha querido sin rendirse —miró alrededor—. Parece que la hora de comer casi ha terminado. Voy a cobrar a esas personas y volveré para que me sigáis contando cosas. Mel tendrá las comidas en seguida.

Rebecca esperó hasta que Betty se marchó.

—¿Crees que esos dos van a descansar alguna vez? ¿Retirarse? ¿Viajar?

—¿Viajar? De ningún modo. Este lugar es lo que

154

los mantiene jóvenes. Las cosas se calman en invierno, pero los dos disfrutan del ruido de las familias que vienen.

—¿Estás seguro de que no quieres que coja a Joey?

Jake la miró con fingida furia.

—¿Por qué ese interés por apartarlo de mí? ¿No ves que está bien?

Ella sonrió.

—Bueno, he de admitir que ha encontrado uno de mis lugares favoritos para acurrucarme y dormir... No puedo creerlo. ¡Te estás poniendo colorado!

—No. Sólo me ha dado demasiado el sol —dijo incómodo.

—Claro, aquí dentro —se rió—. Quiero darte las gracias por lo paciente que estás siendo con esta parada. Sé que te gustaría estar ya en la montaña y ver si todo sigue como lo dejaste el otoño pasado.

—Bueno, no soy tan malo.

—Casi. Todo lo que tienes que hacer es decirlo y podemos mudarnos a vivir aquí todo el año. Incluso ya tenemos teléfono en la casa. Podemos trasladar los ordenadores, faxes y estar en contacto con la fábrica si quieres.

—¿Y el colegio de Jason?

—Significaría trayectos largos, pero no me importaría. Tú has vivido en mi mundo durante los últimos ocho años sin quejarte. Yo puedo hacer lo mismo por ti.

—No tenía ninguna queja. Prefiero vivir contigo en Seattle a pesar de la lluvia que solo en las montañas.

—¿Y qué hay de vivir en las montañas con todos nosotros?

Él sonrió.

—Eso sería un sueño hecho realidad.

—¿Ves? Tus deseos son órdenes para mí. He estado hablando con los directivos sobre la posibilidad de que poco a poco prescindan de nosotros en las operaciones diarias. Ya vimos que yo no era indispensable cuando empecé con mis obligaciones maternales.

—¿Harías eso por mí, Becca?

—Haría cualquier cosa por ti, Jake. Cualquier cosa.

Betty llevó una bandeja con la comida. A los adultos la comida favorita de Jake, carne con patatas, y a los niños hamburguesas y patatas fritas. Como ya se había vaciado el local, ella acercó una silla y se sentó, sin dejar de hacerles preguntas.

Parte de Jake entró en la conversación mientras otra parte se mantuvo al margen mirando a su alrededor. Estaba rodeado de gente que lo amaba y a quien él amaba.

Nadie podría haberlo convencido de que su vida podría haber tomado semejante giro. No podría haber imaginado tener mujer e hijos.

Algunas noches aún se sentaba junto a sus camas y los veía dormir, aún admirado del milagro de que él hubiera sido parte de ellos. Se maravillaba de lo pequeños y confiados que eran, tan llenos de amor y afecto por todo el mundo a su alrededor.

Ellos lo habían ayudado a vencer sus miedos con su simple presencia en su vida.

Y Becca. ¿Dónde estaría sin ella? Parte de él debió haber sabido que ella estaría en su futuro. ¿Por qué otra cosa había sido tan descuidado en algo tan importante como el control de la natalidad? ¿No le había enseñado su propia vida lo que podía pasar con un embarazo no deseado?

Ninguno de esos embarazos había sido no deseado. Inesperados a lo mejor, pero cada uno había sido una bendición que había tenido miedo de no merecer.

Y si todo eso no fuera suficiente, Becca estaba dispuesta a mudarse permanentemente a Texas. A lo mejor el ya no lo necesitaba tanto. Pasaba los veranos allí. Además, el negocio lo necesitaba. A lo mejor él también necesitaba el trabajo.

¿Importaba realmente dónde vivieran? Lo importante era que juntos habían creado una familia. Los dos habían sido hijos únicos, que tras encontrarse habían descubierto que tenían mucho amor para dar.

Joey se estiró y bostezó, haciendo pequeños ruiditos. Jake le besó en la cabecita y sonrió.

Finalmente había descubierto lo que era importante en la vida.

Levantó la vista y vio a Rebecca mirándolo, con la sonrisa tan llena de amor que sintió un nudo en la garganta.

—Bueno, papá, ¿te has cansado ya de tener en brazos a tu hijito? —le preguntó.

—Me temo que no, pero como no estoy equipado para amamantarlo, supongo que tendré que dártelo, al menos de momento.

Betty y Rebecca se rieron, y él le dio al niño y se secó rápidamente la humedad de los ojos antes de que lo vieran en plan sentimental.

Después de todo, los hombres de montaña tenían que mantener cierta imagen.

El matrimonio de Rachel había terminado en resentimientos y recriminaciones. Ben le había sido infiel y había intentado solucionar su problema mintiendo.

Dos años después, su único punto de contacto era su hija Daisy. Y esa era la única relación que quería tener con él Rachel desde que Simon había entrado en su vida. No se le había ocurrido pensar que Ben podía ver las cosas de forma diferente...

Encadenada a ti

Anne Mather

PIDELO EN TU QUIOSCO

MAGIA
PELIGROSA
Jennifer Greene

¿Cómo se trataba a una cleptómana? Josh Penoyer estaba desconcertado por el último pasatiempo de su hija Killer: robar objetos de la tienda de Ariel Lindstrom. Entonces descubrió el motivo de Killer. Quería una madre, y Ariel encajaba en su idea.

Ariel siempre tenía tiempo para los niños, incluyendo a una pequeña de dedos pringosos y a sus hermanos mayores. De hecho, la prole sin madre, y su atractivo padre, casi le hicieron cambiar de idea respecto al matrimonio...

PIDELO EN TU QUIOSCO